文春文庫

フクロウ准教授の午睡《シエスタ》

伊与原　新

JN092036

文藝春秋

目次

フクロウ准教授の午睡《シエスタ》

I

アカハラの罠

「誰にですか？」

吉川《よしかわ》は訊《き》き返した。自分の耳がおかしくなったのかと思った。

「ですから、吉川さんにです」学部長の宗像《むなかた》教授は、贅肉《ぜいにく》でたるんだ顔を突き出して慇懃《いんぎん》に言った。

「僕に？」やはり聞き間違いではない。慌《あわ》てて確認する。「ちょっと、ちょっと待ってください。本当に砂原《すなはら》が、砂原かなでがそう言ったんですか？」

背中に嫌《いや》な汗がにじんでくる。テーブルをはさんで向かいに座った宗像は、太った体を小刻みに揺らして椅子《いす》ごと前ににじり寄る。

「そうです。あなたの講座の砂原さんが、あなたからアカデミックハラスメントを受けている、と訴えてきたそうです」嚙《か》んで含めるような言い方だった。

学部長室の壁が歪《ゆが》み始める。とても現実とは思えない。

「そんな……」バカな。後半は言葉にならなかった。

吉川は先週も砂原の相談に乗ったのだ。彼女は「親身になって話を聞いてくれるのは吉川先生だけです」と目に涙をためていたじゃないか。

砂原かなでは心理学講座の四年生だ。卒業研究の指導教員は吉川ではなく、講座を主宰する首藤《しゆどう》教授。専任講師である吉川の上司にあたる。

宗像はいかにも気の毒そうに何度もうなずいている。吉川にも同情しているというアピールだろうが、いつにも増してわざとらしい。

吉川は震える両手で顔を拭《ぬぐ》った。脂《あぶら》で指先がぬるつく。大きく息をついた。

「で、彼女は僕が何をしたと言ってるんです？」

「やはり、身に覚えはありませんか」

「あるわけない――でしょう」喚《わめ》き散らしたい気持ちをぐっとこらえる。自分は協調性に富んだ良識的な若手で通っているのだ。そのキャラクターは崩せない。

宗像は助けを求めるような目を隣の〝フクロウ〟に向ける。フクロウというのは、准教授の袋井《ふくろい》のことだ。

腕組みをした袋井は、腫《は》れぼったいまぶたを閉じたまま話を聞いている。かと思うと、その大きな頭がガクンと後ろに倒れた。居眠りをしているのだ。

それに気づいた宗像が、目を丸くして袋井を小突く。

袋井は半分だけ目を開けて、小さく「ほう」と鳴いた。

吉川は袋井をにらみつける。何が「ほう」だ、このフクロウ野郎。ふざけやがって。

袋井はその三白眼《さんぱくがん》をゆっくり左右に動かして、自分が今どこにいるのか確かめると、大きなあくびをした。

その吐息に、かすかな匂《にお》いを感じた。吉川は思わず眉《まゆ》をひそめる。まさか。いや、間違いない。アルコールの匂いだ。まだ昼前だぞ？ こいつ、アル中か？

そもそも、どうして袋井がここにいるのか、解《げ》せなかった。宗像に目だけで訊《たず》ねると、彼はすぐに吉川の疑問を察した。

「ああ、吉川さんはまだご存じなかったかな。そう言えば、この間の教授会、出ておられませんでしたね？」

「ええ。東京に出張していましたので」

「ハラスメント相談員の小森《こもり》先生、前学期いっぱいでN大に移られたでしょう？ 袋井先生にそのあとを引き継いでいただくことになったんです。袋井さんはまだ何も委員をなさっていませんでしたし」

「え？ ってことは……」吉川は目の前の二人の顔を見比べる。

「はい。砂原さんが訴え出たのは、袋井先生のところなんです」

吉川の大学には、学生からのセクハラ、アカハラ相談窓口が二系統ある。ひとつは学生課の学生相談室で、事務方の専門職員が対応してくれる。そしてもうひとつが、学部ごとに一名ずつ配置されているハラスメント相談員。こちらは教員が担当する。

宗像がどこか自慢げに言った。「袋井先生はここに来られてまだ三ヶ月です。学生のことも教員のこともまだよくご存じない。何か相談が寄せられたときは私にもご一報を、とお伝えしてあったんですよ」

宗像は最後に「ええ」とつぶやくと、また袋井を小突いた。

袋井は二度、三度と瞬きをして、あくびを嚙み殺しながら言う。

「まあ、いろいろ言ってましたがね――」寝起きのような鼻声は、思い出すのも億劫《おっくう》だとばかりに間延びする。「講座内で恫喝《どうかつ》されるとか、人格を否定されるとか、無視されるとか、それらしいことは、ひと通り――」

「違う」吉川は力なく首を振った。「違います。僕はそんなことしていません。それは僕じゃない――」

吉川がそこで口ごもると、宗像が首をかしげた。

「吉川さんじゃない？　じゃあ、誰なんです？」

「それは……」喉《のど》まで出かかったが、飲み込んだ。「とにかく、誤解です。何か誤解があるんです」

吉川は昼食もとらずに人文学部の校舎を出た。

宗像たちとの面談のあと、学生部屋をのぞいてみたが、砂原はいなかった。居合わせた学生に訊ねると、昨日から姿を見せていないとのことだった。しばらく大学に出てこないつもりではないか――そんな気がしてますます気が滅入った。

大きな茶封筒を小脇にはさんで、正門へと向かう。十月に入って路上に目立ち始めたイチョウの実を踏まないよう気をつけながら、短いメインストリートを急ぐ。何もやる気がなくなったが、この書類だけは今日中に出さなければならない。

ちょうど午後の講義が始まる時間なので、たくさんの学生とすれ違った。学生たちは急ぐでもなく、一様に疲れた顔をしている。まるで、地方国立大学の疲弊をうつしているかのようだ。

いや、違うな――吉川は背中を丸めて自嘲した。学生たちの表情には、自分たち教員の疲れた顔がうつっているのだ。現に、自分はここへ来て四年も経《た》たないのに、疲れ切って逃げ出そうとしている。

正門を出て三分ほどのところにある小さな郵便局に入る。初めは人目を気にしてわざわざ車で遠くの郵便局まで行っていたが、三度目からはそれも馬鹿らしくなった。

「これ、簡易書留でお願いします」見覚えのあるふくよかな女性局員に茶封筒を手渡す。

女が封筒の左端に赤字で書いた〈応募書類在中〉という文字にちらっと目をやった気がした。またか──そんな風に思われた気がして、嫌な気持ちになる。

確かにここ一年、月に一度は似たような書類を出している。心理学に少しでも関係のある教員公募があれば、手当たり次第に応募してきた。たとえそれが名前も聞いたことのないような大学や短大でもだ。最終面接までこぎつけたこともあるが、採用にはいたらなかった。

だが、今回の公募には期待していた。一流とは言えないが、東京にある名の知れた私立大学だ。配属先の教授とは知り合いだった。学会で発表した内容をほめてもらったこともある。何より、募集されている専門分野が吉川にぴったりだった。

封筒に〈書留〉のハンコが押されるのを祈るように見つめていると、肩越しに「ほう」という声が聞こえた。

背筋が凍った。慌てて振り返る。そこにいたのは、やはり袋井だった。小包を抱えてぼんやり突っ立っている。

「どうも」カウンターの奥を上半身で隠そうとして、不自然な体勢になった。

一刻も早く立ち去りたかったが、局員がもたついている。釣り銭を出そうと、新しい硬貨の包装を破いているのだ。そうこうしているうちに、袋井は隣のカウンターで用を済ませてしまった。

相前後して郵便局を出たので、流れで一緒に大学に戻ることになった。

袋井は吉川より頭ひとつ背が低い。がっしりした体軀《たいく》に大きな頭が載っている。まだ四十そこそこだと聞いているが、ひどい若白髪だ。こめかみから鷲鼻《わしばな》のつけ根に向けて鋭く落ちる太い眉だけは黒々としていて、弧を下にした半円形の三白眼に覆いかぶさっている。

黙っているのも気まずくなって、告げた。

「砂原かなでは、大学に出てきていないようです」

「ほう」袋井は正面を向いたまま気の抜けた声を出す。半分閉じたまぶたを瞬かせるが、充血した目の焦点は合っていない。

「本当は、僕が直接彼女と話すのが一番手っ取り早いと思うんですけど」吉川はつとめて朗らかに言った。「会って話をすれば、すぐに誤解は解けると思うんですよ」

「それは無理だ」袋井はにこりともしない。

「だったら、お願いします。もう一度彼女からよく話を聞いてみてください。具体的に僕が何を言って、どこに傷ついたのか。それがわからないと、改善しようがない」弱り顔を作ってみせる。我ながら良識的な対応だ。

袋井が黙り込んだので、信号待ちの間に話題を変えた。

「ところで、いかがです？　うちの大学の印象は」横断歩道の先に見える正門のほうにあごをしゃくった。

「校舎が」袋井はそこであくびをした。

「校舎？」

「校舎がひどい。見るに堪えない」

袋井の専門は西洋建築史だ。スペインの大学に長くいたと聞いている。何様式かは知らないが、あちらの壮麗な建築物をここの老朽化したコンクリート塊と比べられても困る。

「それは仕方ありませんよ。地方の国立大は初めてですよね？　退屈じゃありませんか？」

「退屈というか——眠い」

「眠い？」吉川は大げさに驚いて見せた。冗談めかして言う。「確かにさっきからそうお見受けしていましたが……さすがにもう時差ぼけってことはないでしょう？」

袋井は夏の間、ずっとスペインで過ごしていたという。九月の初めに帰国したらしいので、もうひと月近く経っている。

「時差ぼけみたいなものだ。ずっと」

袋井はそうつぶやくと、虚《うつ》ろな目をしたまま吉川に訊ねてきた。

「おたくは、退屈か」

「え？」突然のことにたじろいだ。やはり封筒の表書きを見られていたのだ。こうなれば苦笑いで対抗するしかない。「もしかして、見られちゃいました？　さっきの」

「隠すようなことじゃない。出て行くのは自由だ。おたくはまだ若い」

吉川は今年三十四になる。上司である首藤との関係はもう修復不可能だが、ここで飼い殺しにされるつもりはなかった。まだ野心もある。それは確かだ。そんな本音を隠し、肩をすくめて出まかせを言う。

「先方の教授と知り合いなんです。『応募者が少ないと格好がつかないから、書類を出すだけでも』なんて言われて、断れなくて」

「ほう」フクロウは興味なさそうに鳴いて、またあくびをした。

横断歩道を渡ると、袋井は正門をくぐらず右に曲がった。立ち止まった吉川に手も上げず、ひとりバス停へと向かう。もう帰宅するつもりなのか。そういえば、肩にカバンをかけている。

馬鹿にしている――吉川は苦々しい思いで袋井の背中をにらんだ。

そもそも、着任時の態度からして気に食わなかった。

袋井の採用は、慌ただしく決まった。ある講座の准教授が今年二月に突然退職し、急《きゅう》遽《きょ》後任を採ることになった。だが、その講座の教授もまた、年度末で定年を迎えることになっていた。宙ぶらりんになったポストが、西洋文化史講座の佐古《さこ》教授のもとに回ってきた。准教授がいなかったからだ。

すぐに公募がかけられ、五月末には袋井の採用が内定した。袋井はそれまで、とある地方の私立大学に勤めていたという。

着任日は七月一日だったはずなのに、袋井はずっと姿を見せなかった。上司の佐古教授が大汗をかきながら学科会議で釈明したが、引き継ぎがどうの、研究資料の輸送がどうのと、首をかしげたくなるような理由が並べられただけだった。

二週間ほどして、袋井が初めて大学に現れた。だが、事務室で着任の手続きを済ませると、また姿を見せなくなった。やがて、袋井はスペインにいるらしいという噂《うわさ》が漏《も》れ伝わってきた。休暇ではなく、研究のための出張だというが、とても納得できるものではない。何の仕事もしないうちに、優雅にスペインでバカンスかと、学科の誰もが陰口をたたいた。

上司の佐古は、学生にすら強くものを言えないような、気弱な教授だ。そんな佐古が、袋井の採用についてだけは頑《がん》として譲らなかったという。あの袋井のどこに惚《ほ》れ込んだのか、どうにもならないしがらみでもあるのかと、若手教員の間で話題になっている。ある准教授などは冗談まじりに、「佐古先生は袋井に弱みでも握られているんじゃないか」と言っていた。

吉川は人文学部の灰色の校舎を見上げて短く息をついた。

出て行くのは自由だと? 簡単に言うな。できるならとっくにそうしている。自分こそ、そんなにスペインがいいのなら、とっとと古巣に帰ればいいのだ。

*

夜九時になって、里崎《さとざき》が吉川のオフィスを訪ねてきた。心理学講座にただひとりの大学院生だ。修士課程の二年になる。

里崎は廊下の様子を気にしながら、素早くドアを閉める。いつもは滑稽《こっけい》にすら見えるその大げさな動きも、今夜は吉川をいら立たせた。

「大丈夫だって。首藤さん、もう帰っただろ?」

「たぶん。でも、最近はよく遅くまで会議やってるらしくて。帰ったのかと思って気を抜いてたら、フェイントで九時とか十時に戻ってくることがあるんです」

「何だよ、フェイントって」仏頂面《ぶっちょうづら》のまま反応してやった。こういう言葉をきちんと拾っていくのが、学生たちとうまくやるコツだ。

「あれ? テンション低いすね。どうかしました?」

「ちょっと疲れてるだけだよ」

里崎は首藤に秘書代わりにこき使われている。コピー取りから電話番まで際限なく雑用を命じられるので、学生部屋ではなく首藤のオフィスに常駐している。

「それにしても、何だか怪しげな会合みたいっすよ。こそこそ誰かと内線で打ち合わせして、いそいそと出て行きます。どうせあれでしょ、今度の学長選がらみの話」

「さあ。かもしれないけど」

「でもあれ、マジなんすか？　うちのボスが立候補するって噂」

「立候補じゃなくて、推薦。候補者になるには、推薦人を二十人集めなきゃいけない。その算段をつけてる可能性はある」

里崎の言う通り、首藤がこの冬の学長選挙に候補者として名乗りを上げるのはまず間違いない。周りにかつがれたのではなく、本人が出る気満々なのだ。経済学部や法学部にも根回しをして、文系学部の票を取りまとめようと動いているらしい。

「まさか、吉川先生も推薦人に？」里崎が勝手に丸椅子に腰掛けた。

吉川は顔の前で手を振った。「そもそも僕には資格がない。推薦人になれるのは准教授以上」

「でも、フツーに推薦されちゃうんだろうなあ。うちのボス、外面《そとづら》だけは異常にいいですもんねえ」

「いまだに周りを騙《だま》しおおせているのは、ある意味すごい。一種の才能だよ。学生だって甘い言葉に騙されて毎年うちの講座に入ってくるわけだし」

「吉川先生も騙されたクチでしょ？」

それは当たっていた。五、六年前、学会の懇親会で知り合ったときの首藤の印象は、「ざっくばらんに話ができる気のいい教授」だった。この人とならうまくやれると思っていた。

吉川がふんと鼻息を漏らすと、里崎は下卑《げび》た笑顔を見せた。

「あんな性格破綻者が学長になったら、いよいようちの大学も終わりすよ」

里崎は、自分の不遇を嘆きつつ、それを笑いにできる男だ。そして何より、どこまでも図太い男だ。そうでなければあの首藤のもとで三年間も番頭のようなことができるはずがない。

里崎はポケットから折り畳んだコピー用紙を取り出した。

「ちょっとヤバいことになりました。デス・メールが来たんです」

デス・メールとは、心理学講座の学生間で代々受け継がれている隠語で、首藤からの陰湿な叱責《しっせき》メールを指す。首藤が面と向かって学生たちを罵《ののし》ることはない。攻撃は常に電子メールによるのだ。

吉川は手渡されたプリントアウトに目を落とした。内容は想像がつくし、じっくり読んだところで気分が悪くなるだけだ。紙を突き返しながら言う。

「バレたのか」

「はい。俺《おれ》が自力でやったにしちゃあ統計処理ができ過ぎだって、ピンときたみたいです。そういうところの勘は鋭いですからね、あの人」

里崎は首藤の口調をまねてメールの一部を読み上げる。

「〈君は私を馬鹿にしていますね。そんなに吉川さんの指導を受けたいのなら、今からでも指導教員を彼に変更してはどうですか〉――だって。これってコピペじゃね？　歴代の卒業生に見せてもらったデス・メールと同じですもん」

「放っておけよ、そんなメール」吉川はそう吐き捨てた。「あの人がお前を手放すはずない。講座の運営が立ち行かなくなる」

ここ数ヶ月、修士論文をまとめ始めた里崎に統計解析の方法を教えていた。吉川から言い出したことではない。里崎が泣きついてきたのだ。

首藤の専門は臨床心理学。吉川のほうは実験心理学だった。吉川には、首藤の研究手法がひどく古臭く、経験偏重主義的で、科学的なエビデンス性が低いものに見えた。首藤が指導する卒業研究には、巷《ちまた》にあふれているゲーム感覚の心理テストと大差ないレベルのものが多かった。

吉川は、三十歳のときにここにやってきた。それまでは東京で任期付きの研究員をしていて、常勤の教員としては初めての就職だった。着任時には、首藤から「うちの講座にぜひ新しい風を入れてください。まだ少し年齢が足りないが、なるべく早く准教授に昇格してもらいますよ」と言われた。歓迎され、期待されているのだと思った。

　半年間は平穏に過ぎた。その年の初冬のことだ。講座のゼミナールで卒業研究の中間報告が始まった。吉川は学生たちの調査結果を聞きながら、その統計的な取り扱いの不備を逐一指摘した。教員として当たり前のことだ。研究の意義や目的まで否定したわけではない。

　だが、それがケチのつき始めだった。首藤はそれを自分の研究スタイルへの宣戦布告と見なしたのだ。恥をかかされた、プライドを傷つけられた、という思いもあったのだろう。年度の終わりには、「二人の教員が異なることを言うと学生が混乱するから」という学問の世界にあるまじき理由で、ゼミへの参加を禁じられた。

　二年目。心理学講座に五名の新四年生が配属された。そのうちの三名が、吉川のもとで卒業研究をしたいと申し出た。その三名には早速デス・メールが送りつけられた。単なる嫉妬《しっと》だ。中身は見ていないが、脅迫めいたことや吉川に対する誹謗《ひぼう》中傷が書かれていたらしい。

　結局そのうち二名は希望を取り下げて、首藤についた。吉川は、残った一名の卒業研究の面倒を見たが、首藤による嫌がらせは続いた。その学生のために講座の研究費を使おうとすると、こと細かに説明を求められ、あれこれ因縁をつけられた。講座内のコンピュータやソフトウェアの使用も制限された。他の学生たちには「あの二人には他講座の人間として接するように」というお達しまで出ていたらしい。

問題は、制度上、准教授以上でなければ卒業研究の単位が出せないということだった。つまり、講師である吉川には卒業を認定する権限はなく、最終的には首藤の印鑑が必要なのだ。生殺与奪《せいさつよだつ》の権を首藤に握られているという恐怖とストレスが、吉川とその学生を最後まで苦しめた。幸い、学生の卒業は認められた。だがそれ以来、吉川は卒業研究の指導は一切引き受けないと心に決めた。

今や吉川は講座内で完全に孤立している。首藤とは一年以上口を利いていない。准教授への昇格など、もう話にすら出ない。学生たちのほうでも吉川に近づくのは危険だとよくわかっていて、食事や飲み会にも誘われない。こうして雑談をしにくるのは、里崎だけだ。

ただ、少なくとも年にひとりは、ある悩みを抱えて吉川の部屋を訪ねてくる者がいる。首藤との関係をこじらせた学生だ。吉川なら自分の気持ちをわかってくれる——学生がそう考えるのは当然だ。砂原かなでもそのひとりだった。

「ところで、砂原さんのことなんだけど」吉川は声をひそめた。

「あ」里崎が前のめりになる。「彼女、ここに相談に来たんでしょ？　首藤先生にアカハラを受けてるって」

「うん。もう三回来た」

「あの子、春にうちの講座に入ってきたとき、『本当は吉川先生のところで卒論をやりたかったんです』とか言ってましたもんねえ」

「学生部屋ではどんな様子？　昨日から出てきてないみたいだけど」

「最近は夜中にしか見ないすね。ボスと顔合わすのが嫌なんでしょ。精神的に相当追いつめられてるみたいですよ」

「それはわかってる」

「ああいう子はボスににらまれやすいんですよね。やりたいことがはっきりしてて、自己主張もする」

首藤の講座では、自分の意見を持つことは許されない。研究の進め方も、結果の解釈も、首藤の意に添うものでなければ決して認められない。

解釈に不都合なデータを理由もなく消去するよう学生に指示しているのを知ったときは、愕然《がくぜん》とした。教育者どころか、研究者を名乗る資格すらないと思った。

反抗する学生には、無視、人格否定、脅迫といった制裁が待っている。ほとんどの学生は萎縮するかあきらめるかして、ひたすら耐え忍ぶ。覚悟を決めて闘うよりも、一年間のことだからと我慢するほうを選ぶのだ。

このご時世、地方国立大出身者の就職状況は極めて厳しい。彼らにとって大事なことは、就職を決めて卒業することだ。強権的な教授に楯《たて》つくなどという大きなリスクはとれない。

「砂原って、ちょっとエキセントリックなところあるからなあ」里崎が訳知り顔で腕組みをした。「真面目《まじめ》なんだろうけど、その分あそびがないっていうか。思い込みが激しいっていうか。あちこちで正面からぶつかり過ぎです」

砂原かなでが首藤とこじれたきっかけは、彼女の進学問題だった。

この夏、砂原は首藤に相談することなく、他大学の大学院を受験した。当然彼女は自分の講座に残るものだと思い込んでいた首藤は、ひどく腹を立てた。砂原のもとには〈君は私を馬鹿にしていますね〉から始まるお決まりのデス・メールが届いた。

吉川もそれを見せてもらったが、彼女を裏切者として罵り、今後の指導放棄を示唆《しさ》するようなひどい内容だった。あんなものを食らった四年生が平静でいられるはずがない。

さらに悪いことに、砂原はその大学院に不合格になってしまった。彼女は今、この冬に各大学で実施される修士課程の二次募集に向けて、出願先を選んでいる。

「冬の院試のこと、首藤さんと話したのかな」

「ボスからは、『うちで二次募集があっても、君の面倒は見ませんよ』と言い渡されてるみたいですからねえ。今さら泣きついたってダメっしょ。それに、最近吉川先生が砂原の進路相談に乗ってること、ボスも気づいてますよ。それでますますややこしいことになってる」

話し込んでいるうちに、夜十時を回った。

自室に戻ろうとドアノブに手をかけた里崎が、開きかけたドアを慌てて閉める。もう一度ゆっくりとノブを回し、わずかな隙間《すきま》から廊下をのぞく。

「なんだ、フクロウか」ホッとしたように言う。「いや、一瞬うちのボスに見えたもんで」

「袋井さん？　昼過ぎに帰ったのかと思ったけど」

「先生知らないの？　あの人、毎日ひと晩中大学にいますよ」

「ひと晩中？　ホントかよ？」

「ええ。夜八時とか九時に現れて、朝まで部屋の照明ついてます。院生の間じゃ有名ですよ」

「確かに、昼間はほとんど部屋にいないみたいだけど」

「だからフクロウなんじゃないすか。ありゃ完全に夜行性です。見た目で言ってるだけじゃないんですよ」

袋井に「フクロウ」というあだ名をつけたのは、この里崎だった。里崎が声を低くする。

「ボスからちょっと面白いこと聞いたんです。あのフクロウ、いつもぼーっとしてるように見えますけど、前の大学で何か問題起こしたらしいっすよ」

「問題？　どんな？」

「今それを何とかして聞き出そうとしているところです」

里崎は口の端を歪め、あごに手をやった。この男はゴシップが大好きなのだ。

＊

あの日から三日間、砂原には会えなかった。しびれを切らした吉川は、袋井の部屋を訪ねることにした。日中はずっと不在だったが、里崎の話を信じて夜まで待った。

夜九時になって袋井のオフィスへと向かった。階段を上っていると、すぐ上の暗い廊下で声がした。西洋文化史講座の佐古教授だ。専門は西洋美術史で、宗教画などに造詣《ぞうけい》が深い。

こんな遅い時間に〝カラス〟の声を聞くのは珍しい。佐古は陰でカラスと呼ばれている。日が落ちると同時に、真っ先に帰宅するからだ。里崎の話が本当なら、部下の袋井とは勤務時間がまったく合わないだろう。

吉川は踊り場で立ち止まり、耳を澄ませる。

「──ね、ホントに困るんですよ、ああいうのは。今の子たちは繊細なんです。ちょっとしたことで傷ついちゃうんですから」佐古は今にも泣き出しそうに、声を震わせている。

「アペンディックスをアペンディックスだと言って、何が悪いんです」低い声が響いた。聞き慣れない声だ。

「でもね、あなたにあんなこと言われたら、彼女だってびっくりしちゃうでしょ？　いつもはゼミに来なかったり、来ても居眠りばかりしている袋井さんに、いきなりあんなこと」

袋井？　吉川は耳を疑った。あの張りのあるバリトンボイスの主が、フクロウだというのか？　昼間はあんなに気の抜けた声を出していたのに。佐古がすがるように続ける。

「彼女、修論の大事な時期なんですから、おだてるぐらいのつもりで接しないと。泣かしちゃうなんてもっての外でしょ。ね？」

よく話が見えない。「修論」は修士論文、「アペンディックス」とは論文の最後に付ける付録や補遺のことだ。しばらく佐古は情けない声で何か訴えていたが、「ね、頼みましたよ？」と念を押してその場を去った。

ドアが閉まる音を確認して、階段を上りきる。薄暗い廊下のずっと先に、佐古の後ろ姿が見えた。なで肩を落とし、薄い背中を丸めて帰っていく。

ずらりと並ぶ教員のオフィスの中に、ドアの小窓から光が漏れている部屋があった。袋井の部屋だ。

吉川はそのドアをノックした。返事は聞こえないが、そっと扉を開いてみる。

袋井は大きなデスクに山と積まれた書籍の向こうにいた。大判の洋書を開いて読みふけっている。

「こんばんは。ちょっといいですか？」

「何だ」袋井は本の上に顔を伏せたまま言った。やはり声の質が違う。気圧《けお》されるほどの精気がみなぎっている。

「さっき佐古先生が悲痛な声を上げてましたけど、どうかしたんですか？　あのカラスが——佐古さんがこんな遅くまでいるなんて、珍しいし」

「ゼミをやっていただけだ。佐古教授の都合で開始が遅れて、この時間になった」袋井は忌々《いまいま》しげに言ってページをめくる。

「袋井さん、院生に何か厳しいことでも言ったんですか？　聞こえましたよ、修論のアペンディックスがどうとか——」

「修論の、じゃない。修論が、だ」

「え？」そういうことか。ようやく話が見えてきた。「修論がアペンディックスみたいだって、そんなこと言ったんですか？　このままじゃ先行研究の付録みたいだから、もう少し独自の考察を——とか何とか？」

「そんなことは言っていない」袋井が初めて顔を上げた。「卒論のアペンディックスで修士号をもらおうなんて、あつかましいにもほどがある、と言ったんだ」

吉川はぞっとした。袋井の三白眼が、鋭い光をたたえて吉川を捉《とら》えている。瞳孔《どうこう》が開いているのか、昼間より黒目が大きい。まるで、小動物を狙《ねら》う猛禽類《もうきんるい》の目だった。フクロウの目は人間の数十倍の感度を持つという。だから、昼間は瞳を絞って日光を遮《さえぎ》り、まぶたを半開きにして休んでいる。この男も同じだ。昼間は眠って力を蓄え、夜の訪れとともに覚醒する猛禽なのだ。

袋井が太い眉をひそめた。

「で、何の用だ」

「ああ」その迫力に、声が上ずる。「例の、砂原かなでのことです。彼女、あれからまた袋井さんを訪ねてきてないかなと思って」

「そういうことには、答えられない」袋井の口調は冷ややかだった。

「でも、このままだと砂原さんの話だけがすべてだと思われてしまうでしょう？　僕はどうやって誤解を解けばいいんです」

「簡単だ。今ここでその誤解とやらの中身を話せばいい」

言葉につまった。それが話せないから苦悩しているのだ。

吉川は、首藤の講座で日常的にアカハラがおこなわれていることを、今まで誰にも訴えてこなかった。苦しんでいる学生たちのことを思うなら、同じ被害者でもある自分が先頭に立って公の場で声を上げるべきだ。それはよくわかっている。

だが吉川にはできなかった。この大学を去る決意をしていたからだ。講座や研究室の内情というのは、意外なほど外から見えない。アカハラやセクハラが浮上しても、それ以前から当事者同士の感情的な行き違いがあったのではないかという疑いを持たれることはよくある。

とくに、吉川は学生よりずっと立場の強い教員だ。虐げられた学生が救いを求めて教授を告発するのとはわけが違う。吉川が首藤を訴えた場合、吉川にも人として何らかの問題があるのだろうという印象を外部に与えてしまう。

学会における首藤の評判は決して悪くない。役員も歴任していて、人格者という評価もあるほどだ。それだけに、他大学に移籍しようとしている吉川にとって「あの首藤教授ともめた講師」というレッテルを貼られるのはどうしても避けたかった。

だから、涙ながらに首藤によるいじめを訴えてくる学生たちにも、「じゃあ僕が代わりに教授を訴えてやる」とは決して言わなかった。ただ話を聞いて、「僕も同じような目に遭《あ》ってるよ」と共感してやっただけだ。

結局、自分の将来のために、学生たちの苦しみを見て見ぬふりをしてきたのだ。学生は逃げ出せないのに、ひとりここから逃げ出そうとしているのだ。良識派でも何でもない、ただの卑怯者《ひきょうもの》だ。

吉川はため息をついた。本に視線を戻していた袋井が言った。

「彼女は大学院進学のことで悩んでいた」

「悩んでいたことは、知っています」

「おたく、ここを辞めるつもりなんだろう？　だったらもう余計なことはせずに、とっとと出て行けばいい。こっちの手間も省ける」

「余計なこと？」さすがに頭に血が上った。相談に乗って励ましていたんです、と言おうとして、止《や》めた。

そんなこと、嘘《うそ》に思えた。

＊

昨夜はほとんど眠れなかった。寝つこうとすればするほど、袋井と、首藤と、自分に対する怒りがわいてきた。

いつもより遅く大学に出てきて、一階の事務室をのぞいた。

自分用のレターボックスを開くと、郵便物に混じって表書きのない茶封筒があった。中には、〈あなたにぴったりの職場だと思います。首藤〉という走り書きのメモと、二枚の紙が入っていた。

今回はスクールカウンセラー研修所の教員募集だ。首藤は時々こうしてご親切にも転職先の候補を紹介してくれる。ただし、それが大学や研究機関の公募だったことは一度もない。この大学からだけでなく、アカデミズムの世界から吉川を追放したいのだ。

吉川はその場で募集要項のコピーを力任せに破いた。カウンターのベテラン女性事務員が驚いてこちらを見ているが、得意の愛想笑いをする気も起きなかった。

一階の廊下で里崎に捕まった。「ちょっとちょっと」と腕をつかまれて、無人の講義室に押し込まれる。

「何だよ」吉川は不機嫌を隠さず腕を振り払った。

「面白いネタを仕入れました。しかも二つ」里崎は嬉々としてピースサインを見せる。

「ひとつは、砂原のこと。彼女、ついに訴えたらしいですよ。ハラスメント相談員のフクロウに」

「おい、それ」思わず口をはさんだ。「それ、誰に聞いたんだよ」

「四年の佐々木《さ さき》です。砂原がフクロウの部屋から出てくるところを見たんですって。『何してたの？』って訊いたら、『ちょっと相談』って言ったそうです。うちのボス、ピンチですよ」

「首藤さん——なのか？」

里崎が眉根を寄せた。「他に誰のことを訴えるんです？」

「いや」吉川は人差し指を噛んだ。

里崎は続ける。「こりゃ面白いことになってきたと思ってたんですが、そう簡単にはいかないかもしれない。実はね、砂原って、学生課じゃクレーマーとして有名なんですって」

「クレーマー？」

「一年のときから、いろんな先生を学生相談室に訴えてるらしいんです。成績評価が不公平だとか、あれは言葉の暴力だとか、これはセクハラだとか。もちろん、ほとんど彼女の思い込みです。歴代のハラスメント相談員も学部長も、そのことはよく知っている。だから今回も――」

「またあのオオカミ少女が騒いでる、ってか」

「そうなる可能性大です」

里崎は残念そうに言うと、また急に顔を輝かせた。

「で、もうひとつはね、そのフクロウのことなんです。ほら、前にちらっと言ったでしょ」

「ああ。前いた大学で問題を起こしたとかいう」

里崎が人差し指を立ててうなずく。「一昨日《おととい》ね、俺、ボスの部屋で授業で使うスライドの準備をやらされてたんです。そしたら、学部長から電話が来て。学部長、ボスと仲いいでしょ？　これは学長選がらみの密談に違いないと思ったんで、通話を聞かせてもらいました」

「聞かせてもらったって、お前……」

「電話は俺が子機で取って、ボスの机の親機につなぎました。ボスが学部長としゃべり出してすぐ、部屋から出てろと言われたので、こっそり子機を持ったまま――」

三者通話というやつか。呆《あき》れるより先に、その度胸に感心してしまった。里崎はにやりと笑って続けた。

「会話の初めのほうは聞いてないんですけど、ボスが『あの袋井こそ脛《すね》に瑕《きず》持つ身なんだよ』とか言って、フクロウがしでかしたことを学部長にしゃべり出したんです。あの人、国際ナントカ創成《そうせい》大学とかいう私大から来たんでしょ？」

「ずっとスペインの大学にいたんだけど、去年の春、十数年ぶりに日本に戻ってきて、そこに准教授として就職したらしい。たった一年で辞めたけどね」

「それ」里崎が残忍な笑みを浮かべた。「学生たちに訴えられたからなんですって」

「クビってことか？　でも、そんな人間をうちみたいな国立が採用できるわけないだろ」

「だから、うまく逃げ出したんですって。ハラスメントの委員会がそれを正式に問題にし始める前に、うちの大学に」

なるほど。袋井の履歴書の「賞罰」欄は、きれいなままだったというわけか。

「訴えられたって、何したんだよ？」そこが肝心だ。

「暴言とかは日常茶飯事だったらしいんですけど、一番デカいのは、フクロウの講義とかゼミを取っていた四年生を大量に留年させちゃったこと。就職決まってた子も多いのに」

「単位が認定できなかったのなら、それも仕方ないだろ？　まあ、私学なんだから、まずいことなんだろうけど」

「それだけじゃなくて、抗議しにきた学生たちに言ったことが決定打になったんです。こう言っちゃなんですけど、そこ、いわゆるFランク大でしょ？」

「まあ、新設だしな」Fランク大学とは、入試偏差値が低く、不合格になる者が極めて少ない大学群のことだ。嫌な呼び名だが、ある大手予備校がそう指定したことで、受験生の間にその言葉が広まった。

「フクロウ先生、何を血迷ったのか、『お前たち、そこまでして大学生になりたかったのか？』って言っちゃった。それを知った学生の親たちが、学長に猛抗議したらしい」

「無茶苦茶だ」吉川はゆっくり首を振った。それはさすがにまずい。訓告程度の処分はあり得ただろう。

里崎は得意げに続ける。「うちのボス、これは由々《ゆゆ》しき問題だって、一度フクロウの素行をきちんと調査する必要があるんじゃないかって、そんなこと言ってました」

吉川はあごを撫《な》でた。佐古がその事実を知らなかったとはさすがに考えにくい。それでもあえて袋井を採ったのだとすれば、そこまでする理由がますますわからなくなる。

少なくとも、袋井の佐古に対する態度は、窮地を救ってくれた恩人へのものではない。

それにしても――吉川の中でまたふつふつと怒りがわいてきた。あのフクロウめ。どっちがアカハラ教員だ。

＊

吉川は、重い足を引きずるようにして学部長室に向かっていた。

学部長からの呼び出しメールが届いたのは、今日の昼過ぎのことだ。砂原のことで、また事情を聴きたいことができたという。

心当たりがないわけではなかった。昨夜、この騒動に巻き込まれて以来初めて、砂原と顔を合わせたのだ。

夜十時頃のことだった。帰宅しようと薄暗い廊下を階段へと向かっていると、上の階から下りてきた砂原と出くわした。こちらに気づいたはずなのに、長い黒髪に顔を隠してそのまま行こうとしたので、「ちょっと待って」と慌てて呼び止めた。

無理に笑顔を作って「もしかして、袋井先生のところに行ってたの？」と訊いたのだが、砂原は「失礼します」と小声で言って、階段を駆け下りて行ってしまった。

あの砂原が、不気味な毒気を放つ夜のフクロウといったいどんな話をしているのか、想像もつかなかった。クレーマーじみていたという砂原の過去の行動を、袋井も前任の相談員から聞いているのだろうか。

学部長室には主だった教授連中が顔をそろえていた。会議用の大きなテーブルを険しい表情で囲んでいる。戸惑いながらそちらに近づいた。

向こう正面には学部長の宗像。その両脇を副学部長と評議員が固めている。この三人が学部の執行部だ。手前の席には学生生活委員の教授、ハラスメント相談員の袋井、そして首藤がいた。

吉川は宗像にうながされて首藤の隣に座った。並んで席につくなど、たぶん三年ぶりのことだ。教授たちの視線を全身に感じて、被告にでもなった気がした。

袋井は腕組みをして、目を閉じている。現在、午後三時。フクロウには一番眠い時間帯かもしれない。

宗像が丸い顔を強張《こわば》らせて前口上を述べ、言葉を区切りながら本題に入っていく。

「――というわけで、本日は、砂原かなでさんの件について、事実関係を整理し、心理学講座のお二方と我々執行部とで、今後の対応を考えていきたいと、そういう趣旨です」

隣の首藤がいきなり立ち上がり、薄くなった頭を下げた。

「今回のことは、私の監督不行き届きです」

吉川は唖然《あぜん》とした。監督不行き届きだと？　怒りを感じる前に、頭がくらくらし始めた。

首藤は神妙な顔で続ける。「しかし、我々の指導を学生が嫌がらせだと感じることは、ままあることです。それはみなさんにもご理解いただけると思いますが」

「その砂原という学生は、とくにその嫌いがあるようですからな」副学部長が嫌らしい半笑いを浮かべた。

宗像もだぶついた頬《ほお》を上下に揺らす。「これまでも些細《ささい》なことで度々学生相談室を訪ねていたということは、私も承知しています。そこは考慮に入れなければならないでしょう」

「それに、吉川君はまだ若い。熱が入ってついきつい言葉が出ることもある」首藤は分別顔でこちらを見下ろしている。

吉川はもはや笑い出しそうになっていた。罪をなすりつけられた上に、今度はかばわれているのだ。ここまでくると滑稽だ。悪い夢でも見ているようで、口を開く気も失せていた。

「大学院進学の件についてはいかがです？」宗像が首藤に訊ねる。「心理学講座では、進学希望の学生に、本学の修士課程を強く勧めているそうですが……つまりその、学生が他大学の受験を希望した場合の対応というのは――」

「憧れやイメージだけで他所《よそ》へ進学したところで、挫折するのがおちです。くだらない雑音に惑わされているのを見れば、多少強引にでも目を覚まさせてやるのが親心ってもんでしょう。もちろん、不適切な対応はしていないつもりです」首藤は平然と応じた。

くだらない雑音――これは吉川を揶揄《やゆ》しているのだ。気づけよ、間抜けな教授ども。

「吉川さん」宗像は視線を吉川に転じた。「砂原さんがこの冬、K大の大学院を受験しようとしていることはご存じですね？」

「志望校のひとつだということは、知っています」投げやりに言った。

「実は昨夜、砂原さんが再び袋井さんを訪ねてきましてね。吉川さんにK大への進学を妨害されている、と申し立てたそうなんです」

「妨害？」うすら笑いが引きつった。さすがに鼓動も速くなる。「どういう意味です？」

「砂原さん、先日K大の先生にコンタクトをとって、面談をしてもらったそうなんです。するとその先生に、『君、今の研究室の先生とうまくいっていないんでしょ？』と言われた、と」

脳の血液がすべてすとんと落下した。目の前が真っ暗になる。

「僕が」からからに乾いた唇をなめた。「僕が彼女の悪評を流しているとでもいうんですか？」

陰謀だ。ここまでくると、陰謀としか思えない。

「砂原を呼んでください」気づけば大声を上げていた。「今すぐ彼女を呼んでください！」

そのとき、上着の内ポケットでスマートフォンが震えた。振動がわずらわしくて、応答を拒否しようとすると、液晶画面に目を奪われた。先日応募書類を提出した私大の教授からだった。

「すみません」乱暴に言い捨てて、急いで部屋を出た。

〈応答〉マークをタップすると、挨拶《あいさつ》もそこそこにその教授が言った。

「――で、応募書類は受け取ったんだけどさ、ひとつ確認しときたくて。気を悪くしないでね。単刀直入に訊くけど、吉川さん、学生さんともめてるの？　いや、吉川さんに限ってそんなことあるわけないと思うんだけど、知り合いが首藤さん経由でそんな話を聞いたって言うからさ。今はさ、どこの大学もそういうことにうるさいじゃない？」

吉川の中で、何かがぷつんと切れた。

あとでかけ直すと約束して電話を切った。指が震えて操作に苦労した。

階段を駆け上がり、自分のオフィスに飛び込むと、机の引き出しから分厚い封筒を取り出した。それを抱えて学部長室へと向かう。

それまで経験したことのない激しい衝動に駆られていた。

何が良識と協調性にあふれた若手教員だ。そんなもの、クソ食らえだ。

学部長室のドアを蹴り開けて、いきなり怒鳴った。

「おい首藤っ！」

全員がこちらを振り向いた。袋井までもが目を見開いている。

「あんた、そこまでか！　そこまで僕の邪魔をしたいのかっ！」

首藤の前に立ちはだかる。首藤は口を半開きにして、後ろにのけぞった。

首藤の面前に人差し指を突きつける。

「砂原のこともそうだろう！　あんたが砂原に言わせたのか？　僕にアカハラを受けていると、あんたが砂原を脅《おど》して言わせたんだろうっ！　あんたはクソだ！」

首藤が声を裏返す。「お、おい、ちょっと落ち着き――」

「黙れっ！」一喝して一同を見渡した。みな一様に呆然としている。「みなさん、このクソ野郎はね、とんだアカハラ教授ですよ」

封筒を逆さにして、中身をテーブルにぶちまけた。大量の書類が散らばって、テーブルの端まですべる。完全に硬直してしまった教授たちは、それに手を伸ばす素振りさえ見せない。

ただ袋井だけが、目の前のコピー用紙を手に取って、冷めた口調で「ほう」とつぶやいた。

吉川はその中の一枚に目を留めて、つかみ取る。

「これはね、このクソ野郎が僕に毎月のように届けてくれる転職情報です。専門学校やら研修センターの教師の口のね。ありがたくて涙が出るでしょう？　嫌がらせのメールや、こいつが学生に送りつけた僕の悪口なんかも、山ほどありますよ」

顔を真っ赤にしてにらみつけてくる首藤に、とどめを刺した。

「これまであんたにイジメを受けて、僕のところへ泣きついてきた学生たちが残していったデス・メールも、全部取ってある。参考までに、一通ここで読み上げてやろうか？ええ？」

＊

あの狂乱の日から、吉川を取り巻く状況は激変した。

首藤はあれから何度も人権委員会に事情を聴かれているし、心理学講座の学生たちの個別面談も始まった。今後、首藤に何らかの処分が下される可能性は高い。

ただし、吉川自身に対する首藤のパワハラは、公的な場に持ち出されていない。首藤と親しい宗像学部長に、そこだけはどうか穏便に、と頼み込まれたのだ。

その代わりと言ってはなんですが——宗像はそうもったいぶってあることを持ちかけてきた。来年度から吉川を准教授に昇格させることを首藤に認めさせる、というのだ。しかも、新たに吉川主宰の「実験心理学講座」を設け、権限の面でも予算の面でも吉川を独立させてくれるという。

夜十時を待って、袋井の部屋を訪ねた。

ノックに返事はなかったが、構わずドアを開けた。袋井は相変わらず大判の洋書を読みふけっている。吉川はいきなり告げた。

「昨日、砂原かなでが僕の部屋に来ました」

「来年から、おたくのもとで修士課程をやるそうだな」

「院試に通れば、ですがね。准教授になれば、もう学生の論文指導を断れない。彼女、喜んでましたよ。『ホントに袋井先生の言ったとおりになった』って」

袋井は半分まぶたを閉じ、感情の読めない三白眼でこちらを見つめてくる。そして、猛禽類のような動きで首をかしげた。

「砂原が来年僕の講座へ来ると聞いて、先生方も呆れてます。あのアカハラ騒ぎは何だったのかって」

「ほう」

「まんまと一杯食わされましたよ」吉川は口の端を歪めた。「僕を利用しましたね？」

「利用？　人聞きの悪いことを言わないでくれ」

「利用じゃないか。あんたは、首藤のアカハラを訴えてきた砂原から、僕の置かれている状況をすべて聞いた。そして、砂原ではなく、この僕に首藤を告発させることを思いついた。あんたも知ってたんでしょう？　砂原が大学側から一種のクレーマーと見なされていたことを」

袋井は何も答えない。吉川は乾いた唇をなめた。

「そんな学生がいくら訴えても、まともに取り上げられないかもしれない。少なくとも、首藤に致命傷を与えるのは難しい。だから僕を動かした」

袋井はまた本に目を落とした。吉川は構わず続ける。

「砂原には、『言うとおりにすれば、たぶん来年からここの大学院で吉川先生の指導を受けられるようになる』と言って、僕への接触を禁じたそうですね。そして、アカハラの加害者が首藤ではなく僕であるように偽って、僕を追いつめた。僕がすべてをぶちまけざるを得ない状況を作り出したんだ。しかし、そんなひどい嘘をつくのは、あんまりでしょう」

「嘘などついていない」袋井はうつむいたまま言った。

「え？」

「嘘ではない。私が『結局吉川先生はあなたのために何もしてくれなかったんだね？』と訊くと、最終的に彼女はうなずいた。『では、吉川先生も首藤先生と同じじゃないのかね？』と訊ねると、『同じです』と確かに言ったのだ」

吉川は拳《こぶし》を握った。その場面は容易に想像できる。砂原は思い込みが激しい。裏返せば、暗示にもかかりやすいということだ。

「それは、あんたが彼女をアジったからだろう」何とか反論したが、自分も首藤と同罪だということを、心の底から否定することはできなかった。

「おたく、いったい何が気に食わないんだ？」袋井がうんざりしたように言った。「おたくがここを出て行く理由もなくなったし、これからはアカハラもなくなる。万万歳だと思うがね」

「本当になくなりますかね、アカハラ」

吉川は最後の反撃に出た。

「僕は知ってますよ。なぜあんたがそこまでして首藤を失脚させたかったのか。首藤は、あんたが前にいた私大で起こしたアカハラ問題を追及しようとしていた。あんたは首藤を黙らせたかったんだ。それとも、ただの報復ですか？」

袋井は黙っている。吉川は調子づいて続けた。

「ご忠告申し上げますよ。これからはご自分の言動に気をつけたほうがいい。学生たちに、『そこまでして大学生になりたかったのか？』と言ったそうですね。ああいうのはまずい」

「不正確だね」袋井は顔を上げた。

「『そこまでして大学生になりたかったのなら、少しは勉強したらどうだ』と言ったんだ」

フクロウはそう言って、鷲鼻を持ち上げた。

「どこか間違ってるかね？」

Ⅱ

広報ギャンブル

「いくらなんでも遅くないですか?」

隣の嶋《しま》が、指でいらいらと腕時計を叩《たた》いた。

手帳を開いていた吉川は、壁の時計に目をやる。午前九時四十五分。会議の開始時刻を十五分も過ぎているのに、委員長の山形《やまがた》が姿を見せない。

「珍しいよね、あの山形先生が遅刻だなんて」

「部屋に電話してみたほうがよくないですか?」嶋は向かいの日垣《ひがき》に同意を求める。

「――ん?」白髪の老教授は、鈍い生返事を返す。「ああ……忘れてるんじゃない?」

「忘れてるって、昨日の今日ですよ?」嶋が口をとがらせた。

人文学部広報委員会の開催が伝えられたのは、昨日のことだった。山形が直接オフィスを訪ねてきて、「急で申し訳ないが、緊急の案件があるから」と慌ただしく告げたのだ。

　各学部には、広報を始め、教務、入試、就職など、いくつかの委員会がある。人文学部の場合、二つの学科から各委員会にそれぞれ同数の委員を出すことになっている。広報委員会のメンバーは四人。人文社会学科からは吉川と日垣が、言語文化学科からは山形と嶋が出ている。

「朝イチに集めておいて、本人が遅刻だなんて、勘弁して欲しいな」嶋が忌々《いまいま》しげにつぶやく。

　助教の嶋は人文学部で最年少の教員だ。英米文学を専門としている。小柄で、大学生にも見えないような童顔だが、皮肉屋だ。今日もこうして文句は言うものの、自ら腰を上げる気はないらしい。

　電話は部屋の隅にある。仕方なく吉川が席を立とうとしたとき、ドアが開いた。

「どうも、遅くなって」入ってきたのは山形ではなく、なぜか学部長の宗像だった。突き出た腹のわきに書類の束を抱えている。

　開け放たれたドアから、もっと意外な人物がのっそりと現れた。袋井だ。

　虚ろな表情で、眠そうに目をしばたたかせている。例によって徹夜明け――正確には昼夜が逆転しているだけなのだが――に違いない。

　だるそうに席につく袋井に一瞥《いちべつ》を投げ、宗像に問う。

「あの、委員長は？」

「それがですね」宗像は大げさに眉根を寄せる。「山形さん、体調を崩されてしまいましてね。当分、大学に出てこられそうにないんです」

「え？」嶋と顔を見合わせた。「でも、昨日お会いしたときは――」とてもそんな風には見えなかった。

「倒れたとか、手術だとか、そういうことではないんです。しばらくの間、自宅療養されるそうですよ」宗像は妙に含みを持たせる。

もしかしたら、心の健康を損《そこ》なったのだろうか。山形は過去にも一度、軽い鬱《うつ》で休職したことがあると聞いている。彼の潔癖な生真面目さには、ある種の危うさを感じることがあった。

それにしても、急すぎないか――？

「で――？」嶋が、こいつは何だとばかりに袋井のほうを見やった。

「ええ」宗像は丸顔をほころばせる。「山形さんが復帰されるまでの間、袋井さんに加わっていただくことになりました。委員長代理として」

「委員長代理？」吉川は思わず訊き返した。新参者をいきなりトップに据えるのか？

しかも、このフクロウを？　広報にもっとも向かないタイプだというのは、自明だろうに――。

宗像はむしろ得意げにうなずく。「ほら、広報委員長は全学の広報部会に人文学部代表として出る必要があるでしょう？　あれは原則として准教授以上でないといけないんですよ」

「だったら――」嶋が日垣のほうに視線を転じる。確かに、日垣が代理を務めるのが筋だ。

当の日垣はそ知らぬ顔で、窓の外を眺《なが》めている。来春定年退職を迎えるこの教授は、委員として働くどころか、普段から発言すらしない。自分はもうお役御免だと勝手に決め込んでいるらしい。

「教授の先生方はみなさんお忙しいし、准教授の方々もそれぞれ負担の大きな委員に就《つ》いてらっしゃる。袋井さんもハラスメント相談員をなさっていますが、あれはまあ、定期的に仕事があるわけじゃない。袋井さんには、全学の会議に名代《みょうだい》として出ていただきさえすれば結構ですから、ということでお引き受けいただいたんです」

袋井は腕組みをして、目を閉じている。そのうちこっくりし始めるだろうが、宗像は気にする様子もない。彼は袋井の正体を知らないのだ。ただの昼行灯《ひるあんどん》だと侮《あなど》って、うまく利用した気になっているのだろう。

それにしても、ハラスメント相談員といい、今回のことといい、なぜ袋井は渋りもせずに雑務を引き受けるのか――？

「じゃあ、仕事はこれから誰が仕切るんです?」嶋が訊いた。

「広報活動で大事なのは、若い人の感性ですよ。我々ロートルが口を出すより、若いあなた方にお任せしたほうがいい。どうぞ存分にやってください。とくに吉川さん、あなたはこの中で広報のキャリアが一番長い。期待してますよ」

「え? 僕?」顔が引きつった。赴任以来ずっと広報委員を務めているのは事実だが、熱心に取り組んできたわけではない。「僕にはちょっと……」

宗像は吉川の訴えを無視して、資料を配り始める。

「これまでの経緯は山形委員長から報告を受けております。本日だけ、山形教授の代理として、私が議事を進めさせていただきます。先日来ご議論いただいてきた、人文学部のパンフレットと学部紹介DVD、ならびにウェブサイトのリニューアルについてですが、山形委員長とも協議の上、学部長裁量経費で予算を組むことにいたしました。パンフレットだけでも入試シーズンに間に合わせたいということで、本学と付き合いのある業者に急遽見積《みつ》もりを——」

「ちょ、ちょっと待ってください」吉川が右手を挙げる。「入試シーズンにということは、年内に納品ってことですか? 我々の話し合いでは、今年度内の完成を目指すということになっていたはずですが」

「ですから、まずはパンフレットをと申し上げているんです。このままのペースで受験生が減れば、今年度の前期日程は志願倍率が二倍を切る可能性がある。二倍という数字だけは、何とか死守したい。大げさでなく、これは学部存続にかかわりかねない問題なんです」

「年内だと、あと二ヶ月ちょいしかない。間に合いませんよ」嶋が投げやりに言う。

「しかし、パンフレットのコンテンツについては、すでにみなさんのほうで詰めていただいていると聞いています。何とかそれを急ぎ進めていただきたいのです。予算については十分配慮しますから」

その仕事の責任を、自分が持つのか——。

腹立たしいほど慇懃《いんぎん》に頭を下げる宗像を尻目に、吉川は暗い気持ちで頰づえをついた。

「思った以上にかかるんだな。パンフレットだけで二百三十万だってさ。内訳はわかんないけど」

奥のボックス席で日替わりランチをつつきながら、宗像から配られた資料をめくる。

正門近くにある「クローバー」は、大学職員御用達《ごようたし》の小さな喫茶店だ。吉川もほぼ毎日この店に通っている。

「だって、学部のパンフ、大学院のパンフ、さらにその外国語版もですよ。翻訳の料金だってバカにならない」嶋がみそ汁をすすりながら言う。「英語版と中国語版なんて、ほんと余計ですよ。留学生を増やしたいなんて簡単に言いますけど、誰が面倒みるんです？　これ以上仕事増やされたら、パンクしますよ」

この際、外国語版パンフレットも作りたいというのは、執行部の強い要望だった。

「しかし、このツクモ印刷って会社、結構手広くやってんなあ。宣伝用ＤＶＤからウェブサイトまでまとめて作ってくれるなんてさ」

「でも、ＤＶＤの撮影はその会社が他所に外注するわけでしょ？　余計に金がかかる」

「だろうね。ウェブサイトにしても、立ち上げだけじゃなく、年間の保守契約まで結ぶことになってるし」

「全部まとめると、いくらになるんでしたっけ？」

「四百九十万ちょい」

「デカすぎる」嶋はため息をついた。「宗像先生は、学部長裁量で払うからいいだろう、みたいな顔してましたけど、いいわけない。その分僕らの研究費が目減りするってこと、わかってんのかな」

最近はどこの大学でも、学長裁量経費や学部長裁量経費といった、トップダウンで配分される予算の割合が激増している。学長や学部長はもはや名誉職ではない。予算配分を通じて強大な権力を行使できる時代が来ているのだ。

嶋が周囲の様子を気にすることなく言う。

「うちの教授が言ってたんですけど、十二月に、宗像学部長と副学部長が県内の高校に頭下げて回るみたいですよ。おたくの生徒にうちを受験させてくださいって」

「へえ、そうなんだ」

相槌《あいづち》を打って振り返り、狭い店内を確認する。今日は時間が遅いせいか、いつもは常連の教員たちが占拠しているカウンターには、新聞を広げた老人がひとりいるだけだ。

「あのオヤジ、新しいパンフを高校詣《もう》での手土産《てみやげ》にしたいだけなんですよ」

「宗像先生、見栄《みえ》っ張りなところあるもんね」

「それにしても腹立つな。いつもの執行部のダブルスタンダード」

「ダブルスタンダード？」

「だってそうじゃないすか」嶋は箸《はし》を振った。「僕ら助教や講師には権限も研究費もろくに渡さないくせに、こき使いたいときだけ『ここは若い人の力で』とか調子のいいこと言っちゃって。権利は不平等、義務は平等」

「そんなもんだろ、どこの世界も」

「この前も、うちの学科でカリキュラム再編のワーキング・グループを作ったんです。学科の将来のことだから、若手だけで検討しろって。散々話し合って、素案《そあん》を学科の会議に上げたら、どうなったと思いますか？」

「まあ、何となく想像はつくよ」

「カリキュラムを改善しろって言った教授たちが、同じ口でことごとく難癖をつけてきたんです。結局、あの人たちは何も変えたくないんですよ。変えると仕事が増える。彼らは面倒なことは一切せずに、双六《すごろく》を上がりたいんだ」

吉川はふと山形のことを思い出した。自分だって偉そうなことは言えない。これまで、面倒なことはすべて、責任感の強い山形に任せきりにしてきたのだ。

「大丈夫かな。山形さん」

「なんか腑《ふ》に落ちませんよね。昨日はいつもどおり熱い感じだったのに」嶋は律儀に割り箸を箸袋にしまった。「パンフのことをせっつかれて、ポキンと折れちゃったのかな」

店のママが、お盆に食後のコーヒーを載せてやってきた。

「今日は愚痴《ぐち》大会？」細身で、五十代にしては背が高い。若い頃は美人だったはずだ。独り身の吉川が何とか健康を保っていられるのも、栄養バランスのとれたママの手作りランチのおかげだった。

テーブルにコーヒーカップを並べるママに、吉川は弱々しく笑いかけた。

「何だか最近、波乱含みの日々なんですよ」

「いいじゃない。わたしみたいに代わりばえしない毎日よりは」ママは励ますように言って、空いた食器をお盆に載せる。「波乱って、こないだ吉川センセがキレちゃったことと関係あるの？」

「さあ、どうなんすかね」なぜか袋井の顔が浮かんだ。調子が狂い始めたのは、あの男が現れてからなのだ。

「何があったか知らないけど、あんまり気にしちゃダメよ。大学の先生なんて、無責任に好き勝手なこと言う人ばっかりなんだから」

「気にするって……どういうことです？」

「あのね――」ママはそこで声をひそめる。「あの騒動で、首藤センセが学長選レースから脱落したじゃない？」

「まあ、事実上は」

結局、首藤には「戒告」という処分が下された。停職、減給のさらに下だ。軽すぎるのではないかという声もあったが、吉川はそうなることを予想していた。

人権委員会の聴き取り調査でアカハラの存在を積極的に認めた心理学講座の学生は、砂原かなでの他にひとりもいなかったのだ。

吉川には彼らの葛藤《かっとう》がよくわかる。学生たちも、仕方なくとはいえ、首藤の王国を支えてきた当事者だ。首藤のおこないに自分もコミットしていた、と心のどこかで感じている学生は、手のひらを返して首藤を攻撃することにためらいを覚えただろう。またある学生は、自分の証言が指導教員の進退を決めてしまうことに、被害者意識にまさる恐れを抱いたに違いない。

砂原かなでは吉川が引き取ることになったが、その他の学生は引き続き首藤のもとで論文指導を受けている。里崎によれば、今のところデス・メールはすっかり影を潜《ひそ》めているらしい。

ママはお盆をテーブルに置いて、吉川の隣に腰掛けた。

「ある先生から聞いたんだけど――人文とか経済の先生の間でね、ちょっとした噂になってるらしいのよ。吉川センセは、学内の誰かの差し金で、首藤センセを告発したんだ、って」

「はあ？　んなバカな」

「もちろん、そんなことあるわけないって言っといたけど」

「誰かの差し金って、学長選のライバル候補ですか？」嶋は完全に面白がっている。

「名前はいろいろ挙がってるみたいだけどね。例えば、宗像学部長」

「宗像先生⁉　マジ⁉」嶋が軽薄に叫んだ。「どうなんです？　吉川さん」

「話にならない。そもそも、宗像先生は首藤さんの盟友だ」

ママが首を振る。「吉川センセのことはともかく、あのアクの強い二人が仲良くするなんて、何かウラがあるに決まってるわよ。宗像学部長も実は相当な野心家だって、みんな言ってる。あの丸っちい顔と体に騙されちゃダメ。宗像センセは本当は自分が学長候補になりたかったはずだって思ってる人は多いよ」

学内のあらゆることについて、ママほどの情報通はいない。ここ「クローバー」には、教員の噂話のみならず、事務方だけが握っている情報までが集まってくる。吉川も学内の裏事情はすべてママから教わってきた。

吉川はいつの間にか人差し指を噛んでいた。宗像に言われるまま雑務にかり出されている袋井の顔が、頭にちらついて仕方がない。

自分の他に知る者はないが、首藤の失脚は袋井の謀略によるものだ。その袋井を動かしていたのが、宗像だったとしたら――？

＊

ドアの向こうから、かすかに声が漏れ聞こえる。午前十一時を回っていたので大急ぎでやってきたが、袋井はまだ部屋にいるようだ。

ノックをして扉を開くと、ひとりの中年男がこちらに顔を向けた。ワイシャツの袖を雑に腕まくりし、無精髭《ぶしょうひげ》を生やした四十がらみの男だ。テーブルをはさんで袋井と向き合っている。

「あ、お客さんで――」と言いかけて、様子がおかしいことに気づいた。

男と袋井の手にはトランプが握られており、テーブルには捨て札が散らばっている。

しかも、この匂い。見れば、カードの山の向こうにワインボトルとグラスがあった。

オフィスでの飲酒が禁じられているわけではない。それでも吉川は呆れて息をついた。

「晩酌ですか」袋井にとっては仕事終わりの一杯かもしれないが、まだ昼前なのだ。

「ちょっと不思議な香りですね。ワインですか？」

「ヘレスだ」袋井がカードを見たまま言う。顔はやや赤らんでいるが、声には覚醒時の張りがある。

「シェリー酒のことです。スペインのワイン」無精髭の男が口の端を歪める。「あ、私はいただいてませんよ。車なんで」

「そのトランプも変わってますね。タロットカードみたい」中世の騎士のような凝《こ》った図柄がプリントしてある。

「トランプじゃない。ナイペスだ」袋井はカードを伏せて置いた。対峙《たいじ》する男に鋭い視線を向け、謎《なぞ》の言葉を発する。「レエンビド」

「レエンビド⁉　強気ですね」挑まれた男は、自分の手札をにらみながら言う。「ナイペスというのは、まあ、スペインの伝統的なトランプです。今やってるのはムスというゲームですが、だいたいポーカーと同じですよ」

この男は何者だ？　大学の教員には見えないが――。

「用件は何だ？」袋井がその三白眼を初めてこちらに向けた。

「今朝、宗像先生から聞きました。印刷会社との契約と経理の事務手続きは、袋井さんにやっていただけることになったそうで」だから吉川たちはパンフレットの編集に専念しろ、ということらしい。

袋井は無表情のままかすかにうなずいた。

「午後から印刷会社の担当者と打ち合わせします。その方が、正式な見積書を袋井さんに渡したいと言ってるんですが、今日は何時ごろまで――」

「私はもう帰宅する」袋井は平然とさえぎった。「夜にでも出直せと言っておいてくれ」

ツクモ印刷の担当者は、榎本《えのもと》という若い男だった。聞けば、人文学部の卒業生だという。

打ち合わせの終わった会議室に吉川と榎本だけが残り、雑談になった。

「入社四年目ということは、僕が着任したのと入れ違いに卒業したんだね」

「ですね。卒業なんてつい最近のことだと思ってたのに、新しい先生方がたくさんいらしてびっくりしました」

榎本のはきはきした受け答えは、いかにも営業マンらしい。頭頂部だけ長めに残した短髪を撫でながら、しゃべり続ける。

「広報委員の先生方の中で在学中にお世話になったのは、日垣先生だけですもん。単位おまけしてもらったんですよ、日垣先生には」

「嶋さんも、去年うちに来た人だしね」

「それに、委員長代理の袋井先生も」

「え？　もう会ったの？」

「はい。一昨日の夜、宗像先生に紹介していただきました」

一昨日？　袋井が委員長代理を務めることが告げられたのは、昨日のことだ。宗像はそれに先んじて袋井を榎本に引き合わせたことになる。不自然なほど手回しがいい。

「吉川先生」榎本がこちらの顔をのぞき込んでいた。「あの袋井先生って、どういう方なんでしょうか？」

「どういうって？　専門とか経歴とか？」

「いえ、性格というか……真面目な人なのか、いい加減なところのある人なのか、よくわからなかったので……」

「うーん」そう問われると、うまく答えられない。「彼がどういう価値観や倫理観を持って生きているのかは、謎だね。確実に言えるのは、社会性は皆無だってこと」

「なるほど……」榎本が目を伏せる。口を閉じると、途端に疲れた顔になった。

「どうしたの？　袋井さんに何か困らされた？」

「いえいえ、そういうわけじゃ」榎本は慌てて首を振る。

「ごめんね、変人で。僕が謝るのも変だけどさ」吉川は苦笑いを浮かべた。「あまりかかわりたくないのなら、見積書は僕が預かるよ？」

「いえ、それは本当に大丈夫です」ぎこちない笑顔から発せられた声は、固かった。

「ご説明することもありますし、また夜に出直します」

「二度手間になるじゃない」

「これから経済学部にうかがうんです。その打ち合わせが終われば、いい時間になると思いますから」

「大繁盛だねえ。経済のほうもパンフレット？」

「パンフレットだけでなく、いろいろやらせてもらってます。今回の人文学部の案件も、経済学部の学部長にお口添えいただいたんです。こちらの大学には、本当にお世話になってます」

榎本はいたずらっぽく笑うと、テーブルの上の資料をブリーフケースにしまい始める。吉川は手帳に目を落とした。「じゃあ、次の打ち合わせは、写真撮影の日だね。〈研究紹介〉と〈カリキュラム案内〉については、今週中にテキストをメールで送るんで」

「お願いします。あと、急いでやっていただく必要があるのは、〈在学生からのメッセージ〉と〈卒業生からのメッセージ〉を書いていただける方の、人選ですね」

「そうか。忘れてた」手帳に書き加えているうちに、思いついた。「〈卒業生からのメッセージ〉だけどさ、君に書いてもらうってのもありだよね？」

「僕ですか⁉　とんでもないです！」榎本は顔の前で手を振った。

「なんで？　さっきご挨拶に来てくださった課長さんも、榎本君は若手のホープだって言ってたじゃない」

「いやいや、ダメです」榎本は顔を伏せた。笑顔も消えている。

「本当に、本当に僕はダメです――」

「いいと思うけどなあ。受験生にとって、卒業生の進路はすごく気になるところだからさ。仕事に生きがいを感じているような、熱い人にお願いしないと」

「生きがいか……」榎本がつぶやいた。また表情に疲れがにじむ。

「ここで同期だったみんな、今どんなこと考えて仕事してるんだろう――」

*

ドアに掛かったカウベルが鳴り、店内に里崎が入ってきた。吉川と嶋が陣取る奥の席に、ニヤニヤしながら近づいてくる。

里崎は、すでに食器の下げられたテーブルをのぞき込み、舌打ちをした。

「チッ、遅かったか」

「何がだよ？」吉川は訝《いぶか》しげにコーヒーをすする。

「窓越しにお二人の姿が見えたんで、ランチおごってもらおうと思ったのに」里崎は断りもせず、嶋の隣に腰掛けた。

「美味《うま》かったよ、今日の日替わり。あと十五分早けりゃね」嶋がからかうように言う。

「残念ねえ」ママもカウンターの中で笑う。「コーヒーでいい？」

「お願いしまーす。あ、吉川先生のコーヒーチケットで」

「お前ねえ」

「いいじゃないすか。情報料ってことで」

「情報？　どんな？」

「広報委員長代理のフクロウのことです。お二人も今、パンフレットの相談してたんでしょ？」

「フクロウって、袋井さんのこと？　里崎君、委員長代理のことなんてよく知ってるね」

嶋は感心しているが、教えたのは吉川だ。ここ数日の広報委員会での出来事を、愚痴まじりに話したのだ。

里崎は抜け目なく店内の様子を確認する。カウンターの端に工学部の准教授がひとり残っているが、ママと話し込んでいる。

里崎が声を低くする。「昨日の夜のことなんですけどね、スーツ着た若い営業マンみたいな男が、フクロウの部屋から出てきたんです。印刷会社の人だと思うんですけど、ソフトモヒカンぽい髪型の——」

「榎本君だね」

「その営業マンが、去り際に妙なことを言ってたんです」

「妙なこと？」

「再現してあげましょう」

里崎は芝居っけたっぷりに、おもねるような声音《こわいろ》を作る。

「『先日もお訊きしましたが、今回の案件について、他社さんで見積りは……？』——そう訊いたんです。そしたらフクロウが例の仏頂面で、『とっていない』とひと言」

落語家のように顔の向きを変えながら、さらに続ける。

「すると営業マンが、『今後も、他所に見積りを依頼されるご予定はないということで……？』と念を押す。フクロウは、『くどい。予定もない』とピシャリ。ね？　なんか臭《にお》いません？」

意地悪く目を細める里崎に、嶋が言う。

「でも、もうパンフの製作は始まってるんだぜ？　今さら他社のこと気にしてどうすんの？」

「それに、五百万円未満の契約の場合、相見積りをとる必要はない。大学の内規では、随意契約で問題ないんだ」

「だからあ」里崎がしたり顔で言う。「きっと、ツクモの見積りが相場に比べてバカ高いんですよ。世間知らずでコスト意識のない先生方に、思い切りふっかけた」

「なかなか言うね、里崎君」皮肉屋の嶋が、また感心した。

「それがはっきり数字で示されてしまうのを心配してたってことか。でも、幸いにというか、袋井さんにそんな面倒なことをする気はさらさらない」

「で、榎本君は安心して帰っていった、と」嶋は腕組みをしてうなずいた。

「うーん」里崎は首をかしげる。「いや、安心したっていう顔でもなかったんですけど。どちらかと言うと、思いつめたみたいな？」

吉川は、ずっと引っかかっていたことを口にした。

「そもそも、業者をツクモ印刷に決めたの、誰なんだろ？」

「そりゃあ、山形委員長でしょ」嶋が答える。「県内に適当な会社がないか、ずっと熱心に調べてたじゃないですか。他学部の広報や事務方に訊ねたりして」

「でも、僕らは山形さんの口から何も聞いていない。宗像学部長が決めたという可能性だってある」

「まあ、あり得なくはないと思いますけど」

ママが里崎のコーヒーを運んできた。いつの間にか、カウンターの客は帰ったようだ。

「宗像センセ、地元出身だもん」ママはこちらの話にも聞き耳を立てていたらしい。「いろいろあるんじゃない？　しがらみが」

吉川は大げさにうなずく。「そのしがらみのために、宗像先生はツクモ印刷をごり押しした。相場を知っている山形さんにしてみれば、ツクモの提示する金額に納得できるはずがない。必死で抵抗していた山形さんは、過度のストレスで――」

「ついに病《や》んじゃった、か」嶋が引き取った。「なくはない」

「それと、これは気のせいかもしれないけど――」昨日の榎本の様子を思い浮かべた。「榎本君、詳しい見積書をあまり僕らに見せたくないみたいなんだよね」

「見せるなら袋井さんだけに――？」嶋が難しい顔でつぶやいた。

吉川はうなずいてみせる。「袋井さんを広報委員会に引っ張ってきて、契約の手続きを彼に一任したのは、宗像学部長だ。それも、不自然なほどの素早さで」

「つまり」嶋が身を乗り出す。「宗像先生は、ツクモ印刷の見積り額が常識はずれに高いことを認識していた。そして、昼行灯の袋井さんに白羽の矢を立てて、委員長代理としてねじ込んだ、ってこと？」

「ほらね？　もう完全に臭い」横から里崎が勝ち誇ったように言う。

吉川は黙って指を噛んだ。違う。あの猛禽が何も知らずにただ利用されるはずがない。やはり、宗像とフクロウは通じ合っているのだろうか――？

*

〈在学生からのメッセージ〉をインタビュー形式にしてはどうかと提案したのは、嶋だった。

学生に書かせた文章を手直しするのは、意外に骨が折れる。普段から彼らのレポートの日本語に頭を抱えている身として、吉川にも異論はなかった。

案の定、協力してくれる学生を探すのには苦労した。結局、吉川が説得に成功したのは、里崎と砂原の二名。嶋も彼の授業を受けている三年生の男子から了解をとりつけた。あと二名は欲しいところだが、とりあえずその三人を集めてインタビューしようということになった。

約束の午前十時に会議室に入ると、すでに砂原かなでと榎本がいた。

「ご苦労さま。助かるよ」まず榎本に声をかける。

「とんでもないです。これも仕事ですから」

出張中の嶋に代わって、榎本がカメラマンと書記をやると申し出てくれたのだ。

「砂原さんも、よろしくね」

「何だか、緊張します」砂原は真顔でうすい胸に手を当てる。

「面接じゃないんだから、気楽に。君がトップバッターだから、僕らのほうがもたつくかもしれない」そう笑いかけると、砂原はぎこちなく口角を上げた。

吉川と榎本が並んで座り、砂原を向かいの席につかせる。榎本がカメラとICレコーダーを準備した。

「じゃあ始めよう。文章はこっちでまとめるから、普段どおりしゃべってね。途中で写真も撮るけど、カメラのほうは気にしないで。まずは、四年生の学生生活について教えてください。典型的な一日のタイムスケジュールは、どんな感じ？」

「タイムスケジュール……。わたしは最近、朝型の生活を心がけているので――」

砂原が細いあごに手をやってしゃべり始めたとき、ドアが開いた。

袋井だった。誰とも目を合わすことなく、何食わぬ顔でテーブルの端の席につく。砂原が話を止めなかったので、声をかけるタイミングを逸した。

どういうつもりだ？　インタビューのことは委員全員に告知したが、参加をうながしたわけではない。

袋井はいつものように腕組みをして、目を閉じている。トラブルの予感に怯《おび》えつつ、吉川はインタビューを進めた。

話題は進路のことへと移った。大学院進学の話を聞き終え、吉川が訊ねる。

「――大学院を修了したら、どんな職業に就きたいですか？」

「わたし――」砂原が瞳を輝かせた。少し潤《うる》んでいるようにすら見える。「わたし、臨床心理士になりたいんです」

「それは、どういう理由で？」

「一つは、人の役に立ちたいからです。人の役に立つ仕事がしたい」

そのとき、フクロウが「ほう」と鳴いた。抑揚のない口調で続ける。

「どんな仕事でも、多かれ少なかれ、誰かの役には立つ。だから仕事になる」腫れぼったいまぶたが半分開かれ、三白眼が虚空《こくう》に向けられている。「それに、仕事は人のためにするもんじゃない。自分のためにするんだ」

その尖った言葉に直感した。アルコールが入っているのだ。

砂原は目を丸くして、凍りついている。吉川が慌ててフォローした。

「まあ、それはそうですが――そこは彼女もよくわかってると思いますよ？　ねえ？」

まつげを震わせる砂原に、無理に声を明るくして訊く。

「どうぞ、さあ続けて。二つ目の理由を聞かせてください」

砂原が気を取り直して言う。「わたし、中学のとき、ちょっと引きこもりみたいになったんです。息をしているだけですごく辛くて……自分の心はどうなっちゃったんだろうって、毎日毎日考えてました」

「それが、心理学を勉強したいと思うようになったきっかけ？」

「はい。今だって、いろんなこととうまく折り合いがつけられなくて……苦しくなるときもあります。だから、同じように苦しんでる人がいたら、癒《いや》してあげたい」

「ほう」また袋井が口をはさむ。「それは新手の心理療法か何かなのか？」

「はい？」砂原の頰が引きつる。

「癒してあげたい、は結構だが、そう言って他人にカウンセリングを施すことで、自分が癒されようというんだろう？　心にトラブルを抱えた自意識過剰な人間にカウンセリングなんかされたら、クライエントはいい迷惑だ」

大きな音を立てて、砂原が席を蹴った。その両目に、みるみる涙がたまる。レンズを向けていた榎本も、カメラを下ろしてただうろたえるばかりだ。

砂原はしばらく袋井をにらみつけると、無言のままドアに向かって歩き出す。

「ちょっ、ちょっと待って！」会議室を出て行く砂原を追いながら、袋井に怒鳴る。

「あんた、何言ってんだ！」

学生部屋で泣きじゃくる砂原を必死で慰めたが、五分ほどで戻らざるを得なかった。次のインタビューがあったからだ。

会議室に入るなり、袋井に詰め寄った。

「あなた、何しに来たんです？　邪魔をするなら、出て行ってください！」

だんまりを決め込む袋井の後ろで、そっとドアが開く。

「——入っていいすか？」茶髪の男子学生が顔をのぞかせる。嶋の学科の三年生だ。学生の前で喧嘩《けんか》を始めるわけにもいかず、二人目のインタビューを始めた。

三年生ということで、アルバイトやサークル活動などが話題の中心になった。少しいきがったところはあるが、質問にはそれなりに誠実に答えてくれた。

袋井は口をはさまず、インタビューは無事に最後の質問へと移った。

「——そろそろ就職活動を始める時期だと思いますが、就職についてはどんな希望を持っていますか？」

「就職っすか」学生は分別顔で前髪をいじる。「そうっすねえ。まだ具体的なことはわかんないすけど、やっぱ〝自己実現〟できるような会社がいいっすね」

「自己実現？」そこをことさら強調したところをみると、最近覚えた言葉なのかもしれない。

「はい。〝生きがい〟って言えるような仕事？　そういうのを与えてくれる会社に巡り会いたいす」

「ほう」

まずい。慌てて袋井を目で制しようとしたが、間に合わなかった。

「すべての社員に生きがいを与えつつ、利益を上げて給料まで出してくれるのか。素晴らしい会社だな」袋井のバリトンボイスが冷たく響く。「私が投資家なら、そんなインチキを謳《うた》う会社の株は買わないが」

「ああ？」学生は顔を歪めて固まった。

「会社は、君に自己実現させるために存在するわけではない」

事態が飲み込めない様子の学生を尻目に、意外にも榎本が口を開いた。

「でも、袋井先生はさっき、『仕事は自分のためにする』とおっしゃいましたよね？」

「そうだ。だが、『仕事は自分のためにある』わけではないし、『自分は仕事のためにいる』わけでもない」

「それは……そのとおりだと思いますけど」榎本が言葉の意味を咀嚼《そしやく》しながら言う。

「『仕事で自己実現』とか『仕事が生きがい』とかいうのは、今君も否定した『仕事は自分のためにある』とか『自分は仕事のためにいる』というのと同義だろう」

「ああ……」榎本は考え込む。「それでも、『自分に向いた仕事』に就きたいという思いは誰しもあるでしょう？　彼が言っているのは、そういうことなんじゃないんですか？」

榎本の口ぶりには、自らを擁護するような切実さがあった。学生は、たった今受けたショックも忘れたように、議論を始めた榎本と袋井をぽかんと見つめている。

袋井は太い眉をひそめ、三白眼で榎本を射た。「向いた仕事？　他人《ひと》に抜きん出た能力でもあるのか？」

「いや、そういうわけじゃ……」

「だったらおたくは、世のすべての人間に、それぞれに向いた仕事が用意されていると、本気で信じてるのか？」

「それは……」榎本が言葉につまる。

「何かを成し遂げたこともない人間が、『どんな仕事が自分に向いているんだろう』と思い悩み、『やはり自分には向いていない』と言って辞める。そういう手合いは、同じことを何度も繰り返した挙げ句、それを社会のせいにする。だが、うまく選べないのは、無知だからだ」

「仕事について、ですか？」

「世界と自分自身について、だ。蒙昧《もうまい》で視野の狭い人間に、選択肢など見えるわけがない。見えたとしても、そこから何かを選びとるためには、自分にとって何が大切かをはっきり知っていなければならない。選ぶ力とは、そういうことだ。どんな仕事であれ、『自分にとって大切なもの』を守り通していくことができれば、それでいい」

「ふーん」部屋の隅で声がした。見れば、里崎が立っている。

「お前、いつの間に――」壁の時計に目をやると、里崎のインタビューを始める時間だった。

「俺はね、釣り。釣りが一番大事」里崎は釣り竿を振るふりをする。「だから、休みが取りやすくて、九時五時の仕事。公務員なんかベスト」

里崎の呑気《のんき》な顔を見ていると、つい言ってやりたくなった。

「お前、就職も決まってないし、公務員試験だって受かってないだろ？　修士二年のくせに」

「まだまだこれからっすよ。ダメだったら、来年がんばります」

張りつめていた会議室の空気が、わずかに緩《ゆる》んだ。

袋井は、何も言わなかった。ひとり榎本だけが、目を伏せて唇を嚙んでいた。

＊

その日の「クローバー」は、経済学部長辞任の話題で持ち切りだった。

「学長も、なんで辞表を受け取るのかねえ」

「学部長を辞めたからって、追及を免《まぬが》れられるものではないでしょう？」

カウンターで肩を並べた教授連中が、盛り上がっている。さすがに今日は、経済学部の教員の姿はない。

吉川も昨日コンプライアンス担当の理事に呼び出されたので、事の次第は理解しているつもりだった。

「吉川センセも、大変だったみたいね」ママが目の前にお冷やを置いた。

「まったく」疲れた顔をおしぼりで拭い、水をひと口含む。

発端は三日前。大学のコンプライアンス室に、通報があった。経済学部長が、ツクモ印刷の法人営業課長から、受注の見返りに利益供与を受けている――というものだった。

理事会は、すぐに経済学部長を呼び出し、事情聴取をおこなった。学部長は、現金の受け取りは否定したものの、十数回にわたって過剰な接待を受けていたことを認めた。

カウンターでは、真偽不明な情報が飛び交っている。

「さっき総務で聞いてきた。警察が動くのも時間の問題らしい」

「本人は否定してるけど、百万単位で商品券を受け取ってたっていうじゃない」

「完全に収賄ですよね」

「大学に高値で受注させて、キックバックさせてたんだ。けしからんよ」

今朝、人文学部にもツクモ印刷の専務がやってきた。専務は、広報委員たちの前で今回の騒動について謝罪し、人文学部のパンフレット等の受注を辞退する旨申し出た。

ランチを運んできたママが、耳もとでささやく。

「おたくの学部長さんは、大丈夫？」

「さあ」声のボリュームを落とすのも面倒だった。「教授たちがどうなろうと、もう知りません。そんなことより、悩みの種は振り出しに戻ったパンフレットですよ」

常連客たちは各自の見解を披瀝《ひれき》するのに夢中で、こちらの様子など気にかけていない。

ママは吉川の隣に座り込んで、ひそひそ話を続ける。

「さっきね、ある先生が面白いこと言ってたの。経済学部長と宗像センセ、高校時代からの友達なんだって。最近は、首藤センセに代わる学長候補をどうするか、二人で毎晩のように話し合ってたみたい。一部では、宗像センセを擁立するということで、経済学部が協力を約束した、って噂もあったそうよ——」

騒々しい店内にうんざりしたので、ランチをかき込んで早々に「クローバー」を出た。

大学のメインストリートを歩きながら、ぼんやり考える。

人文学部のパンフレット受注は経済学部長の口添えのおかげ——榎本はそう言っていた。

経済学部長から示唆を受けた宗像は、ツクモ印刷の見積りが法外なものだと知りながら、あえてツクモに任せたことになる。

宗像自身はツクモから利益供与を受けていないとしたら、その目的は何だ？

ひとつ考えられるのは、経済学部長へのさらなる利益誘導だ。人文学部が支払う代金の一部が、リベートとして経済学部長に流れることになっていた可能性はある。その見返りとして、宗像は経済学部の選挙協力を取りつけた——。

だとすれば、通報者は誰なのだろう？　やはり、学長選の対抗勢力か——？

オフィスに戻ると、ドアの前に榎本が立っていた。

吉川の姿を認めるなり、深々と頭を下げる。

部屋に招き入れ、「クローバー」で飲まなかったコーヒーを淹《い》れた。榎本は、謝罪の言葉を繰り返したあとで、唐突に言った。

「今日、退職願を出しました。その足で、こちらに」

突然の告白に、含んでいた熱いコーヒーをごくりと飲み込んでしまった。

「退職願⁉ どうして？」

不正行為は課長の独断でおこなわれていたはずだ。下っ端の営業マンである榎本は、その事実を一切知らなかった。今朝の専務の言葉を信じるならば。

「内部告発をした人間が、その会社に居続けるのは、やっぱり辛いですから」

吉川は言葉を失った。

そうだったのか――。無理に微笑《ほほえ》んだ榎本の目を、じっと見つめる。

榎本は続ける。「公益通報者保護法ってのがあるらしいですけど、針のむしろになるのは目に見えてます。嫌な上司はあの課長だけじゃないですし」

「大きな、決断だね――」

「辞めちゃったら、思った以上に気分がすっきりして、自分でもビックリです。もう課長に怒鳴られたり、客先で土下座したりしなくていい」榎本は自虐的な調子で付け加える。「こんなこと言ったら、袋井先生に『甘い』って言われちゃうかな」

「課長さんがやってたこと、ずっと知ってたの？」

「一年ぐらい前からですかね。どんなものを何万円分渡してたとか、そこまでは知りません。ただ、課長と経済学部長の電話を何度か立聞きしちゃったことがあって。課長が無茶苦茶な見積りを出していることは、社内でも公然の秘密でしたし」

「うちに出した見積書も、そうだったんだよね？」

「すみません。だから、袋井先生以外の目には触れさせるな、と課長にきつく言われていました。もしかしたら袋井先生が見積書のデタラメさに気づいてくれるんじゃないかと思って、何度も相見積りの話を持ち出したんですけど――空振りでした」

それを聞いて、里崎の話を思い出した。榎本は、他社で見積りをとられることを心配していたわけではなかった。むしろ、彼にできる精一杯のやり方で、袋井に対し注意喚起のシグナルを送っていたのだ。

「でも、どうしてそんな気になったの？」

「僕にだって愛校心はありますよ。ツクモが法外にむしり取ろうとしているお金は、母校の大事な予算です。僕の恩師や後輩たちの研究や教育に使われるべきお金です。だから――」

榎本はそこで口をつぐみ、目を伏せた。

「――いや、今のはちょっときれいごとかな。本当は、嫌になったんです。こんなことの片棒を担いでいることが。僕は、人とかかわる仕事がしたくて、営業を選んだんです。営業マンとしてこれぐらいのことに目をつぶれなくてはダメだとか、やっぱり自分は営業に向いてないんじゃないかとか、悩み続けてきました。でも、とうとう本気で嫌になったんです」

「思い出したよ。在学生へのインタビューの日、君が袋井さんに突っかかっていったこと」

「袋井先生のおかげです。決心がついたのは」

「え？　どういう意味？」

「実は、あのインタビューの日、夜になってから袋井先生の部屋にお邪魔したんです。自分でもよくわからないんですけど、どうしても話を聞いて欲しくなって」

「まさか、贈収賄の話もしたの？」

「癒着があると思う、とは言いました。それに、見積書の価格がフェアじゃないことも。でもあの先生、驚くほど平然としてるんです。もしかしたら――」

「知ってたってことか――」やはり、宗像から事情を聞いていたのだ。

榎本は小さくうなずいて、続ける。

「そのことで僕がツクモの仕事に嫌気がさしていることも伝えました。怒られるかと思ったら、こう訊かれたんです。『自分に向いていないと思うから辞めたいのか？　自分にとって大切なものを守り通していけないから辞めたいのか？　どっちなんだ？』って」榎本はソフトモヒカンを拳で叩いた。「なんだか、ガツーンときました」

「まあ、あの人らしい言い方だけど」

「で、決心したんです。やっぱり、すべてをぶちまけて、終わりにしようって。正直、『自分にとって大切なもの』が何なのか、まだよくわかりません。でも、このままだと、その『大切なもの』が壊れていく。それだけは確かだと思ったんです」

顔を上げた榎本の表情は、憑物《つきもの》が落ちたように穏やかだった。

「これからどうするつもり？」

「さあ。東京に出て、フリーターでもしますかね」榎本はわずかにネクタイを緩める。「本を読んで、世界も見て。やりたい仕事を無理に探しまわる気はないっす。でも、『あ、この人と一緒に働きたいなあ』って思える人と出会えたら、最高っすね」

いつの間にか、榎本の言葉は、二十六歳のただの若者のものになっていた。

「あれ？　これって、あの悪名高い『自分探し』ですか？　違いますよね？」

＊

しばらく中断していたパンフレットの編集作業が、ようやく再開されることになった。

宗像学部長から、ツクモ印刷に代わる業者が決まった、と電話があったのだ。

「――北興《ほっこう》プリントという会社です。佐古先生のご推薦ですが、理工学部とも取引があるようです。価格も良心的で、なかなかいい会社だそうですよ。しかし、十二月には、もう間に合わないでしょうな。詳細は袋井先生がご存じのようですから、あとはお二人で進めていただけますか――」

宗像の憔悴《しょうすい》ぶりは、電話越しにもよくわかった。声に力はなく、パンフレットに対する情熱など、すっかり失っていた。

理事会からは厳しい追及を受けたようだが、今のところ宗像が収賄に関与した証拠は出てきていない。むしろ、経済学部長とツクモ印刷に食い物にされかけた愚かな被害者、という扱いになっている。

宗像が学長候補に擁立される目は完全に消えた――「クローバー」のママによれば、それが文系学部の教授たちの共通認識らしい。最大の支援者であった経済学部長が失脚したのだから、当然だろう。

北興プリントの担当者との顔合わせは、夜九時に袋井のオフィスでおこなわれることになっている。吉川は思うところがあって、その十五分前に袋井を訪ねた。

中に通されるなり、言った。

「残念ながら、想定外のことが起きてしまいましたね」

「何のことだ」袋井は今夜もデスクに大判の洋書を広げている。

「榎本君のことですよ。あなたが下手《へた》に煽《あお》ったせいで、彼はただツクモ印刷を辞めただけでなく、内部告発という置き土産まで残していった。近いうちに経済学部長のクビがとぶのは間違いない。あなたが余計なことをしたせいで、宗像先生とあなたの目論《もくろ》みは、パーだ」

「宗像先生と私の——？ よくわからないな」

「就職のことで学生に説教するなんて、似合わないことをするからですよ。また在学生のインタビューをやりますが、次は来ないでくださいね」

「ほう」フクロウは興味なさげに鳴いて、書物に戻る。

「榎本君が言ってましたよ。あんた、ツクモの見積りがべらぼうなことも、経済学部長とツクモに癒着があることも、知ってたそうじゃないですか」

「知っていたわけじゃない」本に目を落としたまま言う。「あのばかばかしい見積書を見て、大方そんなところだろうと踏んでいただけだ。それに、榎本の態度を見ていれば、彼が自分のしていることにもう耐えられなくなっていることもわかる。だから、賭《か》けたんだよ」

「賭け？」

「榎本が不正を告発してくれたら、勝ち。彼が動かなければ、負け。おたくは何か勘違いしているようだが、結果はご覧のとおり。勝ちだ」

「その賭けのために、悩んでいた榎本君を煽ったのか？」どうもおかしい。そんなことをすれば、宗像の立場が――。「そんなものに勝って、いったいあんたに何の得が――」

そのとき、ドアがノックされた。扉が開き、スーツ姿の中年男が入ってくる。

「北興プリントの堀畑《ほりはた》でございます。この度は、弊社にご用命いただきまして、誠にありがとうございます」上体をわずかにかがめ、左手で鼈甲眼鏡《べっこうめがね》を持ち上げた。

吉川は挨拶もそこそこに、男の顔をまじまじと見つめる。

この男、どこかで見たような気が――。

堀畑と名乗った男は、眼鏡をはずし、唇を引きつらせて微笑んだ。

「その節は、どうも」

その節――？

あ――。頭の中で、男のあごに無精髭を生やしてみる。

「トランプ！　あなた、前にここで袋井さんとポーカーしてた――」

「ちなみに、ポーカーじゃなくて、ムスですね」堀畑が目を細める。

「トランプじゃない。ナイペスだ。何回言わせる」袋井の三白眼が光った。

フクロウは忌々しげに鷲鼻を持ち上げた。

「ここのところ、負けが込んでてね。この人に」

「へへ。結構な額になっちゃってますよ」堀畑が下卑た笑顔を見せる。

まさか――。

「もちろん、これでもう全部チャラにしますが。お約束どおりにね」

堀畑はそう言うと、ブリーフケースから書類を取り出した。

「早速ですが、こちら、お見積書でございます」

III

学会哀歌

「足りないよなあ」

吉川はそう言って人差し指を噛んだ。テーブルに広げているのは、再来週の土曜日から開かれる「発達心理学会 秋季大会」の会場見取図とアルバイト学生の名簿だ。

「足りませんよねえ」横からのぞき込んでいた里崎もうなずく。「やっぱ、各会場に一人は院生か四年生を張りつけたいすよね。学会に参加したことがあるような」

「追加募集かけてみるか。人文学部の院生に」

「でも、マジでうちがそこまでしなきゃならないんすか？ ＬＯＣは教育学部でしょ？」

「こういうのは持ちつ持たれつなんだよ。いつか人文で臨床心理学会をやるなんてことになってみな。教育に手伝ってもらわないと、とても人手が足りないぜ？」

こうした学会の年次大会では、学会員が所属する大学が持ち回りで会場を提供し、現地実行委員会（ＬＯＣ）を作って雑務を担うのが一般的だ。

　発達心理学という分野は教育学との関係が深い。吉川の大学でも、発達心理学講座は人文学部ではなく教育学部に置かれている。ＬＯＣの委員長は、教育学部の学部長でもある一之《いちの》瀬《せ》教授だ。人文学部心理学講座のスタッフである吉川と首藤教授も、一之瀬に請《こ》われてＬＯＣに加わった。

　吉川が任されているのは、弁当やコーヒーなどの手配と文房具類の準備、そして会場係を担う学生アルバイトの運用だ。気心の知れた里崎をアルバイトリーダーに据え、学生たちの指導を託してある。

「じゃあ、人文の院生のメーリングリストに流してみます？　間に合うかなあ」

　里崎がそう言ったとき、オフィスのドアが叩かれた。吉川の返事を待たずに小さく扉を開いたのは、教育学部の君塚《きみづか》だ。丸い顔が強張っている。

　君塚は発達心理学講座の准教授だ。上司の一之瀬は学部長として多忙なため、ＬＯＣは実質的に君塚が取り仕切っている。

「吉川さん、ちょっといいですか？」君塚は肉付きのいい体を半分ほど部屋の中に差し入れた。額に汗を浮かべ、代謝のよさそうな赤ら顔をさらに紅潮させている。

「あ、弁当のことですか？　でしたらもう生協に個数の変更を――」

「いや、そうじゃなくて」そう言って扉を大きく開くと、君塚の後ろに人文学部の石神《いしがみ》の姿があった。

「あれ？　石神先生」吉川は眉を上げた。

石神は、再来年度いっぱいで定年を迎える比較言語学の教授だ。吉川がとくに親しくしているわけではない。君塚と石神というのも、すぐには解せない組み合わせだ。

君塚は、先に石神を部屋に通すと、後ろ手に扉を閉めて言った。

「吉川さんにお願いがあるんです。実は今、非常にまずいことになってましてね――」

君塚は里崎にちらと視線をやるが、里崎はそ知らぬ顔で名簿に何か書き入れている。噂好きの里崎がこういうときに席を外すはずがない。君塚はくもった眼鏡を外し、くしゃくしゃのハンカチで顔の汗を拭った。

「会場のことなんです。例の、W大の衣川《きぬがわ》教授の紫綬褒章《しじゅほうしょう》受章記念講演」

「会場って――」吉川は君塚と石神の顔を見比べた。「記念講演もそのあとの特別シンポジウムも、大講堂でやるんですよね？　キャパ的には十分だと思いますけど？」

W大学の衣川教授は学界の大物で、この秋に叙勲《じょくん》を受けた。その受章記念講演が、学会初日を飾る今大会の目玉イベントなのだ。講演会とシンポジウムには、教育関係者や文部科学省の役人も多く招かれているという話だった。

吉川の大学には、地方国立大には不釣り合いなほど立派な大講堂がある。地元出身の企業家の寄付によって建てられたもので、メインホールには五百人が収容できる。

君塚は力なく首を振り、声を絞り出した。

「――ダブルブッキングだったんです。大講堂」

「ダブルブッキング？」声が裏返った。それは確かにまずい。「何とかち合ってるんです？」

「スペイン舞踊研究会という学生サークルの定期公演」

「そんなサークル、あるんだ」

「完全に事務方のミスなんだけど――予約を入れたのはそのサークルのほうが先でしてね」

「でも、相手がサークルなら、交渉の余地はありそうじゃないですか」

「そうかな」里崎が口をはさむ。「サークルの奴《やつ》らだって、もうビラもまいてるだろうし、チケットだって売ってるはずですよ。先生方の学会なら仕方ない、とはいかないっしょ」

「彼の言うとおりなんです」君塚がハンカチを握りしめた。「サークルの部長は法学部の三年生でしてね。部長さんとは何度か話し合いの場を持ちました。学生生活委員長の石神先生にも同席していただいて」

「あ、そういうことか」黙ってうなずく石神の顔を見て、やっと思い出した。学生生活委員会は、体育会やサークル活動を所管している。

その石神が初めて口を開いた。「部長は、今さら中止や延期はできない、と頑《がん》として譲らないんだ。ここ数日は、私の電話にも出てくれない」

「なるほど」吉川はまた指を噛んだ。「でも、もう時間がありませんよ？　他の会場を探したほうがいいんじゃないですか？」

「もちろんダメもとであちこちあたってみましたよ。市民会館も県のホールも、全部ダメ。当日は土曜だし、当たり前ですよね」君塚は泣き笑いのような表情を浮かべた。

「うーん。困りましたね……でも、僕に何を？」

吉川が訊ねると、君塚は石神の顔をうかがい見た。察した石神が唐突に言う。

「袋井さん、いるだろう？　私はまだほとんど話をしたことがないんだが」

「ああ……」嫌な予感に思わずうめき声が漏れる。

「袋井さんが、スペイン舞踊研究会の顧問なんだ」

「もう、なんでまた……」なぜトラブルの度にあのフクロウが出てくるのか。

「どうかしました？」君塚が横から心配そうに言う。

「いえ。こっちのことです」言葉じりが乱暴になる。「あの人は顧問なんて柄《がら》じゃありませんよ。スペイン大好き男ですから、名前を貸したのかもしれませんけど」

「吉川さん、袋井さんと親しいんだろう？」石神が訊いた。

「親しい？　まさか」露骨に嫌な顔をして見せる。

「彼のオフィスによく出入りしてるって聞いたが」

「それは——」あながち間違いではない。「袋井さんも僕も広報委員なので、パンフレット作りの連絡やなんかで、たまには」

「袋井さん、最近大学に出てきてる？　日中いつ訪ねていっても留守なんだが」

「そりゃ無理っしょ」里崎が不躾《ぶしつけ》に言い放った。「あの人、夜行性だから。基本、夜九時から朝九時の間に行かないと」

「夜行性？」石神は目を丸くした。「やっぱり噂どおりの変わり者なんだな。だったら、なおさらだ」

「何がです」察しはついたが、渋々訊いた。

「お願いします！」君塚が突然頭を下げた。「顧問としてサークルの部長を説得してもらえるよう、袋井先生に頼んでみてくれませんか」

「私からもお願いするよ。サークルの学生たちにとって、顧問は身内だろう？　学生生活委員会が上から話をするより、まずは身内に説得してもらうのが一番だ」

　夜八時半に袋井のオフィスの前を通ると、もう明かりがついていた。ドアの小窓越しに、動く人影も見える。

ノックをして扉を開くと、袋井と一人の男子学生がいた。ジャージ姿の学生は、「僕はもう失礼しますから」と吉川に会釈した。

そして今度はデスクの袋井に深々と頭を下げ、茶封筒を手渡す。「それじゃあ、これ。よろしくお願いします」

学生が出て行くのを待って、一つ深呼吸をした。意を決して口を開く。

「再来週、教育学部で発達心理学会があるんです。実は僕、その準備を手伝ってまして。その件で折り入ってお願いが――」

「ほう」フクロウがさえぎるように鳴いた。「ダブルブッキングのことか？　話はさっきの彼から聞いている」

「さっきの？　もしかして、あの学生がサークルの部長さんですか？」袋井が顧問らしいことをしているなど、思いもよらなかった。

「予約を入れたのは彼らが先だ」袋井は封筒の中をのぞきながら言う。「それに、学生とはいえサークルは学内の組織で、発達心理学会は学外の組織だ。学会を優先しなければならない理由はない」

「それはそうなんですが」

「それに、もし学生たちに譲らせるとして、おたくら代わりの会場を用意してやれるのか？　チケットの払い戻しなどで与える損害を、賠償してやるつもりはあるのか？」

「その辺はLOCが考えると思いますけど……とにかく話し合いに応じてほしいということなんです。袋井さんはご存じないでしょうが、記念講演をするW大の衣川先生という人は、心理学業界では最重量級の重鎮《じゅうちん》なわけですよ。文科省の役人もひとにらみで黙らせるような」

「その重鎮が勲章をぶら下げてやってくるわけか。勲章をいくらちらつかせたって、学生たちには何の効き目もないだろうが」

「だからあ、それはそうなんですけどね」吉川は投げやりに言った。「袋井さんがそこまで学生たちの肩を持つなんて、意外です。てっきり、名ばかりの顧問かと」

袋井はまだ封筒の中を確かめているが、中身を出そうとはしない。札束でも入っているんじゃないか――吉川はそんな愚にもつかない想像をした。

袋井はようやく封筒をデスクに置き、三白眼を吉川に向ける。

「まあいい。おたくらが困っているのもわかる。部長には私のほうから話をしてみる」

「え⁉　ほんとですか？」

思わず目を見開いたが、すぐに眉をひそめた。ものわかりのいいフクロウなど、かえって不気味だ。

「信用していないのか？」袋井が上目づかいでにらんだ。

「そういうわけじゃないですけど……こんな面倒なことを引き受けてくださるなんて、

またまた意外というか」

「私だって研究者の端くれだ。学会の重要性ぐらい認識している。どちらが譲ることになるにせよ、おたくらのほうで代わりになる会場を探しておいたほうがいい。それから、部長への接触は、しばらく私に一任してほしい」

「はあ」吉川はどこか釈然としないまま、気の抜けた返事をした。

＊

「クローバー」で日替わりランチを食べ終えた吉川は、一番奥のボックス席から首を伸ばしてカウンターのほうを見た。いつもならママがタイミングよくコーヒーを運んできてくれるのだが、今はカウンターに座る二人の客に食事を出すのに忙しいらしい。

あの二人は、確か法学部の教授だ。たまにこの店で見かける顔だが、言葉を交わしたことはない。すでに二時を回っているので、他に客の姿はなかった。

教授たちの会話の中に「学長選」という単語が聞こえたので、吉川は思わず耳をそばだてた。

「――首藤さんがポシャって、人文はもうダメだろ？　経済も学部長の首が飛んで、執行部は学長選どころじゃないよな」白髪の教授が言った。

「うちからは誰も出ないだろうから――文系で可能性があるのは教育だけか」頭の禿《は》げ上がった教授が応じる。

どうやら候補者の話のようだ。奥に吉川がいることに気づいていないのか、二人は無遠慮な会話を続ける。

「教育が誰も出さないとなると、医学部と理工学部の一騎打ちか。まあ、当初の予想どおりだな。人文からの候補者がむしろ想定外だったわけで。いずれにせよ、医学部有利というのは変わらない」

「しかし、教育もこの辺で存在感を出しておかないとまずいんじゃない？」禿げの教授の口もとは、嬉しそうにほころんでいる。「このまま医学部の候補者が学長に当選すると、学部統廃合の話が再燃するよ」

「統廃合って、人文と教育の？」

「医学部の連中は、人文と教育をお荷物だと思ってる」

「研究をしない人文学部、学生が教師にならない教育学部」白髪の教授が下卑た調子で言う。

「以前その話を持ち出したのも、医学部出身の学長だったろ？　人文と教育を一緒にしてしまって、分野のかぶる教員がいる場合は、どちらかが学部組織から外れて教養教育専門に回る」

「教養教育なんかに回されたら研究が一切できなくなるって、あのときはみんな戦々恐々としてたよねえ」

「医学と理工の覇権《はけん》争いの陰で、人文と教育は生き残り競争だもんなあ。お気の毒だよ、まったく」禿げ頭の教授はそう言ってみそ汁を飲み干した。

二人の教授はこれから会議があるらしく、慌ただしく食事を済ませて店を出ていった。

ママがコーヒーを載せたお盆を手にやってくる。

「ごめんね、遅くなって。あの二人、急いでるっていうから」コーヒーカップを吉川の前に置き、向かいの席に浅く腰かけた。

「ずい分な言われようでしたね。うちと教育」吉川は苦笑いを浮かべる。

「法学部の先生方は、気楽なもんよね」ママはきれいに微笑んだ。「ほら、法学部と経済学部はまだ県内の受験生に人気があるじゃない？」

「地元企業への就職状況が悪くないですからね」

「自分たちはリストラとは無縁だと高をくくってるのよ」

子供の数が減り続ける大学受難の時代だ。学生の質と入試倍率を一定の水準に保つために、定員を減らせばいいと思うかもしれないが、それは危険極まりない。学生数を減らすと、自動的に教員のポストもカットされる。縮小させなければならないような学部はいっそのこと廃止してはどうかと、文部科学省に目をつけられかねない。

そこで出てくる戦略の一つが、学部再編だ。縮小ではなく、再編して組織の無駄を省くのだと言えば、文部科学省の覚えもいい。ついでに学部名を今風のものにリニューアルしておけば、受験生の増加も――少なくとも一時的には――見込める。

吉川はコーヒーをひと口すすって、訊いた。

「それにしても、以前に人文と教育の統合話があったなんて、知りませんでした」

「吉川センセが赴任してくる前だもんね」ママは空いた皿をお盆に載せていく。「あのときは先生方の抵抗が激しくて実現しなかったけど――また医学部の先生が学長になったら、今度は危ないかも。ほら、トップダウン、て言うの？」

「ですね。今は学長の権限がすごく強いですから」

「だから、人文にも教育にも危機意識はあるのよね。人文が学長候補を立てようとしたのもその表れだって言う先生もいるよ」

「教育学部は学長候補を立てないんですかね。例えば――学部長の一之瀬教授とか。心理学業界ではかなりの〝政治好き〟で通ってますけど」

「〝政治家〟だからこそ、勝てない戦《いくさ》はしないんじゃない。発言力の弱い教育学部から一之瀬センセが出たとしても、医学部はおろか、理工学部の候補にも勝てないわよ」

「まあ、そりゃそうかも」

「だからね――」ママはお盆をわきにどけると、前のめりになった。「医学部の候補が次の学長になると見込んで、教育学部はもう次の闘いに照準を合わせてるみたいよ」

「次の闘い？」吉川はカップを置いた。

「人文学部との、生き残りをかけた闘い。教育は先に仕掛けてきてるわよ」

「どういうことです？」聞き捨てならない話だった。

「絶対に内緒だって言われたんだけどね――」他に誰もいない店内で、ママは声をひそめた。「本部の事務の人に聞いたの。教育学部は、水面下で学部の改組に動き始めてるんだって。まだ根回しの段階らしいけど。『教育』という看板は捨てて、学部名も新しくする」

「新しくって……そんなことになったら――」

「そう。簡単につぶされるようなことは、まずないわよね」ママは吉川の目を見てうなずいた。「そこに人文の一部を吸収すると言えば、統廃合の主導権は完全に教育のものよ」

明日返却するレポートの採点が終わったときには、夜八時を回っていた。

吉川は人文学部の校舎を出ると、急ぎ足で教育学部に向かう。発達心理学会のＬＯＣが物品置き場として使っている教室に行き、数が不足している文房具を今日中にリストアップしておかなければならない。

体育館の角を左に曲がると、見覚えのある後ろ姿が目に飛び込んできた。がっしりした体躯に大きな頭。袋井だ。

どこへ行くのか――？　この先には通用門などもない。吉川は距離をつめないよう注意しながら、袋井のあとを進んだ。

体育館の先で、袋井がすっと左に入った。吉川は小走りになってその姿を追う。そこにあるのは二階建ての大きなプレハブだ。袋井は、明かりと音が漏れ出る一階の引き戸を躊躇《ちゅうちょ》なく開き、中に入っていった。

吉川はプレハブの前に立った。中から聞こえてくるのは、音楽と足踏みのような音だ。引き戸の横に掛けられた粗末な看板を見て、納得した。〈スペイン舞踊研究会〉と書かれている。顧問の訪問を受けてか、騒がしい音はすぐに鳴り止んだ。

吉川は再び早足で歩き出した。袋井が部長をともなって出てくるかもしれない。

教育学部の校舎に入り、二階の教室へと向かう。この時間なら、君塚と講座の学生たちが準備に励んでいるはずだ。

教室には、君塚だけがいた。大小の看板と段ボール箱の山に囲まれて、疲れた顔をほころばせる。

「ああ、吉川さん。ご苦労さまです」

「学生さんたちは？」

「夕食の買い出しです。好きなもの買ってきていいぞと金を渡したら、みんなして飛んでいきましたよ。ボランティアで手伝ってくれてるんだから、晩メシぐらいはね」

「たいへんですね。いろんな面で」同情を込めて言う。

「自分のところで学会をやるってのは、こういうことなんですねえ。予算に計上できないようなことで、何かと持出しも多い」君塚は力なく笑った。「これであのサークルの損害賠償まですることになったら、いよいよ破産ですよ」

「そうだ。サークルと言えば――」励ますように声のトーンを上げる。「ここに来る途中、袋井さんを見かけたんです。スペイン舞踊研究会の部室に入っていきましたよ」

「え？　ってことは――」

「一応、交渉はしてくれてるみたいですね」

「ありがたい。もう彼だけが頼りなんでね」

拝むような仕草をする君塚を見て、吉川は不安になった。

「どこまで期待していいかわかりませんけど。で、代わりの会場探しのほうは――？」

「難航してます。このままだと、本部棟の大会議室を使うことになる」

「そこのキャパは？」

「目いっぱい詰め込んで、百五十人というところでしょうね」

「大講堂の三分の一以下か……」

「音響装置もなければ、せっかく作らせたステージ看板を吊《つ》るすこともできない。だだっ広いだけの部屋ですよ。紫綬褒章を受章した大先生にあんなところでしゃべらせるのかと思うと、震えが止まらなくなる」君塚は両腕をさすった。「しかも、相当気難しい人らしいんですよね。W大の衣川教授」

「東京からもお偉いさんが来るわけですしねえ。恥はかかせられないか」

「一之瀬先生には、何としても大講堂を使えるようにしろと言われてます。お前のやり方が手ぬるいんだろうって、毎日のように怒られてますよ。会場の確保は私の仕事でしたからね。責められても仕方ないんだけど」

＊

いつものボックス席でランチをつつきながら、里崎に訊いた。

「で、バイトのシフトは決めてくれたんだっけ？」

「ええ、とりあえず」里崎が大盛りのライスをかきこみながら言う。「やっぱ、マイク係と照明係を一人でやってもらう会場が出てきそうすね。あと、電池をもうちょっと買っておいたほうがいいです」

「マイクの電池なら、たくさん買ったろ？」

「いや、レーザーポインター用です。単４が要るんで」

この三日間、吉川は授業と広報委員の仕事が忙しく、学会の準備はほとんど何も手伝えなかった。教育学部へも足を運んでいない。

君塚から頼まれた細々《こまごま》とした仕事は、里崎が代わりにやってくれている。毎日のようにここでランチをおごっているのは、せめてものねぎらいのつもりだった。

「そう言えば――」里崎がライスをみそ汁で流し込んだ。「フクロウ先生は毎晩のように例のサークルの部室に通ってるみたいすね」

「毎晩？　ほんとかよ？」

「うちの講座の木村《きむら》が言ってました。木村は邦楽研究会に入ってるんですけど、部室がスペイン舞踊研究会と同じプレハブにあるんですって」

「どういう風の吹き回しだ？」吉川は首をかしげた。あのフクロウが毎日殊勝に部長詣でをするとは思えない。

「さあ。あの人のことですから、何かウラがあるのかも。学生たち相手に何か取引をもちかけていてもおかしくない」

「取引？　あ――」吉川は部長が袋井に手渡していた茶封筒のことを思い出した。

「どうかしました？」

「いや、何でもない」残った漬物を口に放り込み、愚かな想像と一緒に噛み潰《つぶ》した。

ママが食後のコーヒーを運んできた。里崎の隣に腰を下ろし、含み笑いを向けてくる。

「面白い話を仕入れたわよ。例の、教育学部の改組のこと」

「改組？」里崎の目が一瞬で輝いた。「なになに？　何のこと？」

「あら里崎クン、まだいたの」ママはおどけて言うと、吉川に笑いかける。「どうせあとで全部里崎クンに話すんでしょ？　だったら、ここで話してもいいわよね？」

「お見通しですね」吉川は苦笑いを返した。

店内には、カウンターで新聞を広げる常連の老人と、ドア近くのテーブルに陣取る主婦らしき二人組がいるが、大学関係者の姿はない。ママは彼らの様子をうかがってから、話し始める。

「来週の土曜から、教育学部で学会があるんだって。心理学か何かの」

「ええ、今もその話を。僕たちも準備を手伝ってるんで」

「あら、そうなの？」ママは大げさにのけぞった。「そっか、吉川センセも心理学だもんね。だったら話が早い。その学会で、ナントカ褒章をもらった偉い先生が受章記念講演をするんでしょ？」

「W大の衣川教授です。紫綬褒章ですね」

「そのW大の先生が、学部改組のキーパーソンらしいのよ」

「は？　どういうことです？」

「教育学部の目論見は、人文の一部を取り込んで、新しく大きな学部に生まれ変わることでしょ？　学部名は『総合人間科学部』っていうんだって。もちろん、まだ仮だけど」

「出た。ありがち」里崎が横から茶化す。

「そうなると、ほとんど学部の新設に近いでしょ？　当然、文科省にお伺いを立てて、OKをもらわなきゃいけない。何て言ったっけな、ナントカ審議会」

「設置審ですね。大学設置審議会」

「そう、それ」ママが人差し指を向けた。「W大の先生は設置審の大物委員で、文科省の偉いお役人もその先生の言うことなら何でも聞くんだって」

「設置審の委員なんだ。それは知らなかったな」

「今度の講演会にも、文科省の課長さんか誰かが来るそうよ。でも、課長ってそんなに偉いかしらね」

「高等教育局大学振興課の課長かな。だとしたら、たぶんものすごく偉いですよ」

「とにかくね、設置審で審査にかけられるずっと前から、大学側はそういう部署の担当者のもとに何度も足を運んで申請内容を詰めておくんだって。申請の準備にはすごく時間がかかるらしいの」

「それが文科省のいつものやり口です。そうやって主従関係をはっきりさせておくんですよ」つい嫌味が口をついて出た。

「でもそこは一之瀬学部長も〝政治家〟よ。W大の先生に口添えを頼んであって、学会のときにその文科省の課長とW大の先生とで三者会談をするんだって。医学部の学長候補も交えた四者会談になるという説もあるらしいから、医学部は改組をすでに内諾してるのかもしれない」

「なに？　ってことは、学長選で教育の票は全部医学部に行くってこと？　汚ねえなあ」里崎が吐き捨てた。

「会談の目的は、改組をスムーズに認可させるための根回しですか？」吉川が訊いた。

「ただスムーズにじゃないの。超特急で認可させるんだって。申請準備の指導も、設置審の審査も、他所より優先してやってもらう。来年度中に認可をもらって、再来年四月の開設を目指すそうよ」

「再来年？　すごいな。なんでそんなに急ぐんです？」

「一之瀬学部長は、自分の任期中に改組を実現したいのよ。自分の思うとおりの新学部を作りたいのね」

「だとしたら、大講堂問題はめっちゃ重要すね」里崎が言った。

「大講堂問題？」

「ええ――」眉をひそめるママに生返事で答え、吉川は人差し指を嚙んだ。

受章記念講演の失敗は、学部改組の失敗につながりかねないのだ。一之瀬学部長は死にものぐるいで大講堂の確保に動くに違いない。

＊

一之瀬に呼び出されたのは、学部長室ではなく、なぜか教育学部四階にある小さなセミナー室だった。いつもはっきりしたもの言いをする一之瀬が、用件について電話口で言葉を濁したことも気になる。

セミナー室に入ると、一之瀬の他に意外な人物が二人いた。学生生活委員長の石神と、袋井だ。一之瀬と向かい合う形で、並んで座っている。

吉川は袋井の隣に腰を下ろした。袋井は腫れぼったいまぶたをしばたたかせ、大きなあくびをした。吐息にまたアルコールの匂いを感じる。今午前十時半なので、さっきまでオフィスで例の〝晩酌〟をしていたのかもしれない。

吉川は袋井に冷ややかな一瞥を投げ、一之瀬に訊いた。

「お二人がいるということは──大講堂の件ですか？」

「その話は、あとにしましょう」一之瀬は体こそ小さいが、姿勢がよく声が大きいので、不思議な威圧感がある。部屋に漂《ただよ》っているのは、髪を撫でつけたポマードの香りだ。

一之瀬は吉川の前にコピー用紙を数枚綴《と》じたものを置いた。横の二人はすでに同じ書類に目を通している。表紙には〈総合人間科学部（仮称）設置素案〉とある。

「まだ内密のことなのでね。驚かれたでしょう」一之瀬は鷹揚《おうよう》に微笑んだ。

「え？　ええ、びっくりっていうか……」吉川は顔を引きつらせる。

「我々教育学部は、新しく大きく飛躍すべく、すでに動き始めています——」

一之瀬が理念と構想を演説する間、吉川は書類をぱらぱらとめくった。内容は「クローバー」のママの話とほぼ同じだ。

「でも、どうしてそんな話を僕に——？」書類を閉じて、一之瀬に訊いた。

「吉川さんは、博士号をお持ちですね？」

「そりゃまあ、一応は」今どきは、文系でも博士号を持っていないとアカデミックポストにはなかなか就けない。

「その書類にもありますように、総合人間科学の大学院では、修士課程だけでなく博士課程の設置も計画しています。実現すれば、本学の文系学部で初となります」

「はあ」一之瀬の意図がわからず、気の抜けた返事しかできない。

「博士課程設置認可の決め手となるのは、Dマル合《ごう》教員とD合教員の確保です。一定以上の人数がそろっていないと、認可されない。マル合についてはご存じですね？」

「ええ、だいたいのところは」

この珍妙な称号は、その教員が大学院で学位論文の指導ができるかどうかを示す資格のことだ。「D」は「ドクター」、つまり「博士」を意味する。Dマル合教員は博士論文の指導ができ、D合教員にはその補助が許されている。

「Dマル合やD合の資格審査で重要なのは、研究業績――要は論文の数です。もちろん、博士号を持っていることは大前提です。残念ながら、教育学部だけではDマル合やD合にパスする教員の数が足りません。そこで、人文学部の優秀な先生方にも声をかけさせていただいているわけです。お三方のように」

「つまり、引き抜きですか」

吉川の問いを無視して、一之瀬は石神に顔を向けた。

「石神先生は、非常にたくさんの論文をお書きになっている。先生の長年にわたるご研《けん》鑽《さん》には、心から敬服しております。十年ほど前に博士号もお取りになったとうかがっていますが――」

「まあ、遅ればせながらですがね」石神はどこか気まずそうに言う。

石神のような年代の教授の中には、博士号を取得していない者も多い。昔は、文系の博士号というものが、研究生活の集大成として授与される傾向にあったからだ。

「袋井先生の研究業績も、また素晴らしい」一之瀬は袋井の方に視線を転じた。「とくにスペイン時代のご研究が。学位もスペインで取られていますよね。お二人とも、Dマル合に十分パスします」

袋井は無言のまま腕組みをして、完全に目を閉じている。一之瀬には思いもよらないことだろうが、いつ船を漕《こ》ぎ出してもおかしくない。

「お二人はいいとして、僕はまだ講師ですよ」吉川はたまらず口をはさんだ。

「吉川さんは来年度から准教授に昇格されると聞いています。講座のウェブサイトに掲載されているあなたの業績を拝見した限り、D合の資格は十分にある。それに、あなたのことは私が個人的に買っているのです。ぜひ私の講座の一員として力を貸していただきたい」

「はあ」そこまで言われると、さすがにくすぐったいような気分になる。

「悪い話ではないはずです」一之瀬は三人の顔を順に見た。「このままいけば、医学部から次期学長が出るでしょう。医学部サイドはある構想を持っているようでしてね。申し上げにくいことですが、人文学部の立場は非常に厳しいものになる。泥舟に残っても、いいことはない」

「しかし……」石神が声を上ずらせた。「私はあと二年余りで退官です。再来年の四月に開設にこぎつけたとしても、たった一年しか――」

一之瀬が右手を上げてさえぎった。「それで結構なのです。Dマル合教員として新学部立ち上げ時に名を連ねていただければ」ただの数合わせだということを認めるような発言だ。

「だが……」と唇をひくつかせる石神に、一之瀬がたたみかける。

「もしご賛同いただけるのでしたら、先生の講座の助教の方も一緒に総合人間科学部に来ていただく用意があります」

石神は黙り込んだ。石神の講座の助教は彼の元教え子で、師弟の仲の良さは学部の誰もが認めるところだ。愛弟子《まなでし》の将来を考えれば、断れない話かもしれない。

一之瀬が続ける。「申請に関しては、設置審の委員でもあるW大の衣川教授が文科省に働きかけてくださることになっています。来週の学会のおりに一席設けて、大学振興課の課長に設置計画書をお渡しし、格別の計らいをお願いするつもりです」

それもママの言うとおりだった。一之瀬が嚙んで含めるように言う。

「ですから、衣川教授の受章記念講演は、必ず成功させなければなりません。ご機嫌を損ねるようなことは絶対にあってはならない。大講堂が使えないなど、もっての外だ。袋井先生にも学生たちを説得していただいていますが、あまりはかばかしくない。そうですよね？」

フクロウは「ほう」と鳴いて目を開けた。三白眼の焦点が合わないまま、「まあ、そうですね」とだけ答える。

「もう時間切れです。こうなれば、石神先生――」一之瀬が石神を見つめた。「学生生活委員会に決定を下していただくしかない。委員長として良識あるご判断をいただけると信じていますが、いかがでしょう？」

露骨な取引の持ちかけだった。吉川は石神の横顔を見つめた。頬を引きつらせた石神が、乾いた唇をなめて口を開く。

「――わかりました。致し方ありません」


「袋井さんは、それでいいの？」

三人で教育学部の校舎を出ると、石神が訊いた。

「何がです？」袋井が前を向いたまま訊き返す。

「サークルの顧問としてさ。我々が一方的に決めてしまうことについては――」

「委員会の決定に口をはさむつもりはありません」袋井はあくびを嚙み殺した。

それはそうだろう。二人の後ろを歩く吉川は、ふんと鼻息を漏らした。一之瀬が袋井を新学部に招いたのは、顧問として石神の裁定に反対するな、という意味なのだ。

そう言えば――吉川はふと思いいたった。袋井はやけに素直にサークルの部長の説得を引き受けた。もしかしたら、フクロウはそのころすでに一之瀬から密命を受けていたのではないか――？

石神が心配そうに言う。「一之瀬さんが最後に言っていた『個人調書』というのは、どういう書類なんでしょうな。明日中に出せというのは、随分急な気がするが」

「今は簡単なものでいいと言ってましたよね」吉川が後ろから言った。「とりあえず、経歴と研究業績をまとめたものがあれば大丈夫でしょ」

一之瀬が言うには、来週文科省の課長に計画書を提出する際、教員資格審査に必要な全教員分の個人調書も添付することになっているらしい。

「その調書は、どこまで詳しくチェックされるんだろうね？」石神が誰にともなく訊ねる。

「はい？」質問の意図がよくわからなかった。

「いや、つまり、きちんと裏を取ったりするのかどうか――」

「僕が聞いた話では、ほとんど形式的なものらしいですよ。業績にしても、論文のタイトルと概要をざっと見るだけで。実物にあたったりはしないそうです」

「なるほど。いや、そうか……」石神は妙な納得の仕方をした。

すると、しばらく黙っていた袋井が、猛禽のような太い首を回して訊いた。

「人文学部に修士課程ができたのは、何年前ですか？」

「人文に、かい？　確か十年ほど前かな」石神が訝しげに答える。

「ほう」フクロウがひと鳴きして、続ける。

「そのときにも提出したはずですが。個人調書」

「そうか。そう言われれば、そうだったかな」石神が曖昧《あいまい》に返す。

「そのときと同じような書類を作ればいいのです。その後の研究業績を追加して」

袋井はそう言い捨てると、メインストリートに出たところでひとり左に曲がった。振り向きもせず、正門へと向かう。

「今から家に帰るのか——？」その後ろ姿を見送りながら、石神が首をかしげた。

「もう昼前ですからね」

＊

しわくちゃのハンカチで額を拭いながら、君塚がオフィスに入ってきた。教育学部からここまで歩いてきただけで、大汗をかいている。

「すみませんね。わざわざ来ていただいて」吉川は領収書の束を手渡した。学会用の物品を買ったときのものだ。

「いや、ついでがあるので。あとで石神先生のところへうかがうんです。今ちょうど学生生活委員会が開かれているはずでしてね」

「もしかして——例の大講堂問題？」

「ええ」君塚はほっとしたように口角を上げた。「もう決定されているはずです。石神先生は、自分に判断を一任するということで委員たちに了承してもらう、とおっしゃってましたから。私としては、あまり強引なことはしたくなかったんですけどねえ。交渉役から降ろされちゃったもので」

「サークル側には何か代案を示してやれるんですか?」

「我々が押さえた本部棟の大会議室を使ってもらうか、延期してもらうか、ですね。学生サークルの公演ですから、あの大会議室でもキャパ的には十分だと思うんですよ。音響設備とステージがないことさえ我慢してもらえば」

「そうですね……」吉川は暗い気持ちでつぶやいた。音響設備やステージがないと嘆いていたのは、君塚のほうだったはずだ。

「そう言えば――」君塚が後ろのドアを確かめて、声を低くした。「個人調書、出していただけたんですね」

「ええ。大慌てで作りましたよ」

吉川自身、新学部に移ることにほとんど迷いはなかった。一之瀬という男も信用はできないが、政治力があるのは確からしい。人文学部にはさして愛着もないし、何より、首藤の近くで過ごすよりはずっとマシだろう。

「石神先生と袋井先生もすでに出してくださってます。これで再来年には吉川さんも同僚になるわけだ。よろしくお願いしますね」

「改組がうまくいけば、ですけど」

「うまくいきますよ」君塚は小鼻をふくらませて断言した。

「あと、一つ心配があるんですけど……」上目づかいに君塚を見る。「この一件、人文のみんなにばれたりしませんよね？」

吉川たち三人は、一之瀬の計画に協力していることになる。その成功の意味するところは、人文学部の廃止だ。もしこのことが人文学部の教員たちに知られれば、裏切り者のそしりは免れない。

「大丈夫。知っているのは一之瀬先生と私だけです。他所には漏れませんよ」

君塚が笑顔を見せたとき、着信音が鳴った。君塚が上着からスマートフォンを取り出す。

「ちょっとごめんなさい。一之瀬先生からだ。はいもしもし――」

電話に出た君塚の顔から、みるみる血の気が失われていく。

「え⁉　いったいどういう……はい……はい……わかりました……今から行きます……」

君塚は震える指で〈通話終了〉マークをタップした。頬を伝う汗もそのままに、声を絞り出す。

「が、学生生活委員会が、大講堂をスペイン舞踊研究会に使用させることを、決定したそうです……」

「は⁉　なんでそんなことに？」

「じ、事情を訊きにいかないと――」

君塚はそう言うと、憑《つ》かれたような動きで部屋を飛び出した。吉川もあとを追う。

階段を駆け上がると、廊下を向こうからやってくる石神が見えた。君塚に気づいた石神は、慌てて顔を伏せた。小走りで自室のドアに飛びつき、鍵を差し込もうとする。動揺して解錠に手間取る石神に駆け寄って、君塚が言った。

「どういうことなんです！」

「どうもこうもない。先に予約を入れたほうを優先するのが原則ではないかと意見を述べた委員がいた。委員長として、その意見を採用したまでだ」

「そんな！　約束が違うでしょう！」

「仕方ないじゃないか！　こちらにも事情がある！」

腕にしがみつく君塚を振り払い、石神は小さく扉を開けた。その隙間から部屋に滑り込むと、ノブを握ったまま言う。

「これ以上お話しすることはない。申し訳ないが、議事録をまとめなきゃならんので」

それだけ言うと、石神は勢いよくドアを閉め、中から施錠してしまった。

*

学会初日を明日に控え、吉川は朝から教育学部で会場の最終確認に追われている。

午前中に会場設営の仕上げを済ませ、午後からは各セッション会場でマイクやプロジェクターなど講演用機器のチェックを兼ねたリハーサルをした。

ここ三日間は、まさに殺人的な忙しさだった。君塚の代わりに吉川が現場監督を任されてしまったからだ。君塚とてサボっているわけではない。本部棟の大会議室を何とか少しはマシな講演会場に仕立て上げようと、涙ぐましい努力を続けている。だが、会議室は会議室でしかない。金屏風《きんびょうぶ》を立て、外付けのステージ照明を持ち込んだせいで、今やそこは安っぽい宴会場のようになってしまっている。

ＬＯＣのミスで講演会場が変更になったことを知ったＷ大の衣川教授は、案の定、怒り狂った。紫綬褒章のお披露目場所がオンボロ校舎の会議室だというのだから、無理もない。講演はキャンセルだと怒鳴り散らすのを、周囲が何とかなだめたらしい。

結局、講演だけは予定どおりおこなうものの、その後の特別シンポジウムへの参加はとり止めて、すぐ東京に戻る、ということで落ち着いた。もちろん、文部科学省の課長の来場もなくなった。

教育学部長の一之瀬は準備の現場に一切姿を見せないので、どんな精神状態にあるのかはわからない。君塚の話によれば、ぐっと老け込んだというのが的を射た表現らしい。大学設置審議会の大物委員に恥をかかせた以上、「総合人間科学部」はもう幻となったと考えていいだろう。

夕方五時になろうとしていたので、吉川は教育学部の校舎を出た。人文学部に戻り、前もって頼んであった「臨時入構証」を事務室で受け取らなければならない。学会期間中は業者や学生アルバイトが車で学内に出入りするので、それが必要なのだ。

体育館横のプレハブの前を通りかかると、スペイン舞踊研究会の部室からひと際大きな音楽が聞こえてきた。時おり発せられる激しいかけ声からも、公演前日の熱気が伝わってくる。

すると、部室の引き戸が開いて、見覚えのある男子学生がジャージ姿で現れた。サークルの部長だ。吉川の視線に気づいた部長は、眉根を寄せて吉川を見つめ返してくる。

「何か――?」

そのひと言で吉川はがまんできなくなった。ずっと考え続けていたことを、訊いてみたくてたまらない。

「君、スペイン舞踊研究会の部長さんだよね? 前に一度、袋井先生の部屋で顔を合わせたの、覚えてない?」

「え? ああ」部長はそのときのことを思い出したらしく、軽く会釈した。

吉川は簡単に自己紹介をして、ダブルブッキングの話を振った。

「――でも、よかったね。無事に公演ができるようになって。端《はた》から見てると袋井先生もたいへんそうだったよ。毎晩のようにここへ説得に来てたんでしょ?」

「説得って、何のことです？」

「何のことって……大講堂をあきらめるよう説得に来てたんじゃないの？」

「そんなこと一度も言いませんでしたよ。むしろ、逆です」部長は怒ったように言う。

「逆？」

「お前たちに非はないから、絶対に折れるなって」

「折れるな？」どういうことだ？　説得すると言いながら、なぜそんなことを——？

無言で人差し指を噛む吉川に、部長が言った。

「あの、もういいすか？　練習に戻りたいんですけど」

「ああ、ごめん」吉川はぎこちなく笑った。「最後にもう一つだけ。あのとき、袋井さんに封筒を渡してたろ？　あの中身は何だったの？」

「DVDですよ。明日の公演でやる曲を、スペインのプロたちが踊ってるビデオです——」

部長と別れ、呆然と歩き始める。

袋井は一之瀬と取引をしたわけでも、学生たちに何か頼まれたわけでもなかった。だとすれば、奴はいったい何がしたかったのだ？　石神の突然の翻意にも、袋井がかかわっているように思えてならない。

気づけば、人文学部の前まで来ていた。部長と立ち話をしたせいで、もう五時を回っている。吉川は一階の事務室へと急いだ。

事務室の扉を開くと、佐古教授がいた。よれよれの帽子を頭にのせ、細い肩に黒いカバンを掛けている。さすがにカラスは帰宅が早い。

佐古は分厚いファイルをカウンターに置いて、いつものベテラン女性事務員に声をかけている。

「これ、どうもありがとう」

「もうお済みですか」

「うん。助かりました」佐古は細い目をさらに細める。

吉川の目は、ファイルの背表紙に釘付《くぎ》けになった。〈人文学部修士課程設置申請――個人調書〉と印字されたテープが貼られている。

「あら、吉川さん。こんばんは」吉川に気づいた佐古が、呑気に言った。

「佐古先生、それは？」思わず訊いた。

「それって――」佐古は眉をぴくりと動かす。「このファイルのこと？　これはねえ、十年前にうちに修士課程を作ったときの、申請書類の写し」

「どうして今ごろそんなもの……」

「それが私にもよくわからない。ふふ」佐古は目じりを下げた。「うちの袋井さんが見たいって言うから、事務の方にお願いして借りてあげたんです」

吉川は、ファイルに手をかけた事務員から、それをもぎとった。

「すみません！　ちょっと！　ちょっとだけ確かめさせてください」

＊

初日のプログラムは記念講演と特別シンポジウムだけなので、吉川はかえって暇になった。受付は学生たちだけでうまくこなしているし、本部棟の講演会場の運営には初めからタッチしていない。

講演の始まる三十分前に大会議室をのぞいてみると、すでに半分ほどの席が埋まっていた。この様子では、おそらく立ち見も出るだろう。君塚がせわしなく動き回っていたが、これから壇上に衣川教授を迎える彼の悲愴《ひそう》な顔を見ているのも嫌だった。聴衆として衣川の講演を聴く義理もない。吉川は本部棟を離れ、ある期待をもって大講堂に向かった。

こちらも開演の三十分前だが、客が集まり始めていた。学生だけでなく、幅広い年齢層の女性の姿がある。フラメンコがブームだからかもしれない。

玄関ホール横の楽屋口には、濃いメイクをほどこし、色鮮やかなドレスをまとった部員たちも見える。緊張した様子はなく、手を叩いて笑い合っているのが不思議だった。

受付には、まだ幼い顔をした一年生と思《おぼ》しき女子学生が二人いた。奥のテーブルには、客が持参した花束や贈り物が積まれている。

「当日券ですか？」受付の学生がにこやかに訊いてきた。

「いや……まあいいか。一枚もらうよ」吉川は財布を取り出した。

「五百円になります。自由席です」きちんとした印刷物のチケットと、こちらは手作り感のあるプログラムを一部くれた。

「ところでさ、袋井先生は来るかな？」

「え？　来ますよ」学生はなぜか目を丸くした。「ていうか、とっくに来てますよ」

「あ、いた」隣の学生が吉川の背後を指さす。振り返ると、楽屋口のほうからやってきた袋井と目が合った。

玄関ホールの隅に置かれたソファに並んで座った。

「何なんだ？　時間がないのだが」袋井が不機嫌な声を出した。

「かわいい部員たちの踊りが始まるからですか。顧問の鑑《かがみ》ですね。じゃあ本題に入ります。あんた、どうして部長を説得するなんて嘘をついたんです？」

「嘘などついていない。部長と話をしてみるとは言ったが、説得するとは言っていない」

「またお得意の屁理屈《へりくつ》ですか。あんたは、説得するどころか、部長に『絶対に折れるな』と言った。初めから、学生たちにここを使わせるつもりだったんでしょう？」

「ほう」フクロウは他人事《ひとごと》のように鳴いた。

「そして、学生生活委員長の石神先生に裁定が託されると、石神先生を動かした。動かしたというより、脅したんだ。どんな弱みを握ったんです？　佐古先生に借りさせたあのファイルの個人調書に、不正でも見つけましたか？」

「脅してなどいない。彼の調書を見たのなら、おたくも気づいただろう？」袋井の三白眼が動き、吉川を射る。

「いや……」吉川はたじろいだ。

「彼の博士号だ」

「博士号？　確か、どこか海外の大学から授与されていたと思うけど……」

「あれは、ディプロマミルだ」袋井は鷲鼻を持ち上げた。

「ディプロマミル――」吉川は絶句した。

ディプロマミルとは、金銭と引き換えに博士号などの学位を授与する機関のことだ。そうした機関は、たとえ〝大学〟を名乗っていたとしても、公式には大学として認められてはいない。

「十年前、修士課程設置のための教員資格審査があると知って、さして罪の意識もなく博士号を買ったようだ。彼は当時、その海外の機関にきちんと学位論文の審査を受けたのだと信じていた。あの世代の大学教員には、そういう素朴な人間が結構いる」

「でも、今はそんなこと——」

「そうだ。十年前はそれも見逃されたが、その後、ディプロマミルから授与された学位が就職や昇進に使われている実態が問題視され始めた。彼自身も、自分の博士号が正式には認められないものかもしれないということを、ようやく認識するようになった」

「それで、びくびくしながら一之瀬先生に個人調書を提出したわけですか」調書がどこまで精査されるのかを心配していた理由が、やっとわかった。

「数年前から文科省が調査に乗り出していることを、彼は知らなかった。今文科省の課長の手にあなたの調書が渡り、内容が調べられると、まずいことになる——そう教えてやると、急に慌て出した。どうすればいいかと訊かれたので、このまま経歴に傷をつけずに定年を迎える方策を授けたまでだ」

「その方策というのが、受章記念講演を台無しにして、W大の衣川教授を怒らせるってことですか。なるほどそれは大成功だ。でも——」吉川は唇をなめた。「あんたが本当に石神さんのためを思ってやったはずがない。僕が知りたいのは、あんたの目的です。どうして教育学部の改組計画をつぶしてまで——」

袋井はおもむろに立ち上がった。「悪いが時間だ」と冷たく言うと、楽屋口のほうに歩き出す。

吉川は一つため息をつき、その後ろ姿に声をかけた。「席で観ないんですか？」

袋井は振り返ることもなく、軽く右手を上げた。

吉川はしばらくその場で迷っていたが、結局メインホールに入った。せっかくチケットも買ったのだ。スペイン舞踊がどういうものか、一曲ぐらい観ておくのもいい。最後列まで上って端の席に座り、十五分ほど待った。

場内がうす暗くなり、アナウンスが流れる。

「ただ今より、スペイン舞踊研究会第二十八回定期公演を開催いたします」

ただそれだけで、曲紹介などはない。吉川はパンフレットを開いた。最初の演目は「ファンダンゴ・デ・ウエルバ」。「ウエルバ地方で生まれた軽快なファンダンゴ」という説明書きがあるが、意味はまるでわからない。

暗いステージに、三人の人影が現れ、席についた。スポットライトが三人を照らした瞬間、吉川は危うく声を漏らしそうになった。

右端に、ギターを抱えた袋井がいたのだ。

静寂を破って最初に発せられたのは、そのギターの音色だった。初めは激しくかき鳴らされていた和音が、徐々に哀しげなメロディへと変化していく。認めたくないが、ほれぼれするほど見事な演奏だ。

左端の女性が袋井のギターに合わせて手拍子を打ち始めた。時おりかけ声も発しながら、リズムを速めていく。

すると、真ん中の男がスペイン語で歌い始めた。それを合図に、舞台袖から三人の踊り手が現れた。上げた両手を複雑に舞わせながら、華やかなロングドレスの裾をはためかせ、くるくると回る。

いつしか吉川の目は、ギターを抱え込むようにして弦を弾く袋井に釘付けになっている。

猛禽は一心不乱に羽を振り、切なく美しい旋律を奏で続けた。

Ⅳ

盗まれた密約

異変を感じたのは、正門を入ってすぐのことだ。

人文学部の校舎の前に、学生がたまっている。一時限目はとっくに始まっているのに、三、四十人はいるだろう。正面玄関のほうから中の様子をうかがっているようだ。

群衆の隙間にのぞく一台の車に気づいて、目を見張った。パトカーだ。自然と歩みが速まる。

校舎に近づいていくと、赤色灯を載せたセダンと白いワゴンも見えてきた。ワゴンのリアハッチは高くはね上げられ、青い作業服に身を包んだ鑑識係員たちが荷台に何か積んでいる。

鑑識が来ているということは、やはり事件か事故か。だが、辺りに救急車は見えないし、集まった学生たちの表情にも緊迫感はない。スマートフォンでパトカーの写真を撮っている男子三人組の会話の中に、「泥棒」という言葉が聞き取れた。やじ馬を押しのけて校舎に駆け込む。

玄関のわきにある事務室の前に、宗像学部長がいた。神妙な顔つきで、髪を角刈りにした体格のいい男と言葉を交わしている。腕章をつけているので、刑事に違いない。宗像のそばに控えていたベテラン女性事務員が、吉川のほうへ駆け寄ってくる。

「盗難でもありましたか？」吉川は挨拶も抜きに問うた。

「そうなんですよ」事務員は大仰《おおぎょう》に眉をひそめる。「わたしが110番したんですけどね。夜中に入られたみたいで。ピッキングですって。プロの仕業だろうって、警察の方が。わたし、今朝は八時ちょっと過ぎに出てきたんですけどね、だってほら――」

「それで」とたまらず口をはさむ。彼女は情報に優先順位をつけずに話すタイプなのだ。

「どこで何が盗まれたんです？」

「ああ」事務員はなぜか意外そうに目を見開く。「二階と三階の六部屋です。先生方のオフィスだけを狙ったみたいで。盗まれたのは、ノートパソコン、デジカメ、少額ですけど現金、あと――」

「僕の部屋は？」慌ててさえぎった。「三階なんですけど」

「ああ、吉川先生のお部屋は大丈夫みたいですよ」

「みたい、って」さすがの吉川も顔をしかめる。

「先生のお部屋は、ちゃんと施錠されたままになっていましたから。さっき警察の方と一緒にマスターキーで全部の部屋を開けさせてもらいましたけど、先生のオフィスはとくに荒らされた様子もありませんでしたし」

「そうですか。よかった」無断で部屋に入られたことに胸中が一瞬ざわついたが、さすがに安堵感のほうが勝《まさ》った。

「念のため、お部屋の中をよく見ていただいて、何かなくなっているものがないか、確認していただけます？　不審な点がありましたら、すぐ事務室までお電話を。今ならまだ警察の方もいらっしゃいますから」

返事もそこそこに、自分のオフィスへと向かう。階段を一段飛ばしに三階まで上がると、廊下の先で四、五人の教員たちが額を合わせて話し込んでいた。どういうわけか里崎まで混ざっていて、何食わぬ顔で相槌を打っている。

それを横目に、足早に自室へ直行した。その姿に気づいた里崎が輪を離れ、にやにやしながらやってくる。

「もう、何やってたんすか。遅いすよ」里崎は口をとがらせた。

「まだ十時前だろ。いつもより早いくらいだ」カバンからキーホルダーを取り出して言う。

「それに、刑事ならまだ下にいる。すぐに部屋の中を調べれば、もし何かあっても間に合うさ」

「いや、そうじゃなくて」里崎は半笑いのまま首を振った。「面白い場面、もう終わっちゃいましたよ。鑑識が指紋採取してるところなんて、滅多に見られるもんじゃないのに」

「ああ？」吉川は里崎に一瞥を投げ、荒っぽくドアを開く。「お前はどんなときもブレないね。感心するよ」

「あざーす」里崎がおどけてあごを突き出す。

「ほめてねえよ」

照明のスイッチを入れ、室内を見回した。昨日帰宅したときのままだ。まず奥のデスクに向かい、引き出しを上から順に検《あらた》めていく。金目のものは入っていないが、確かめておかないと気持ちが悪い。

「大丈夫すよ。この部屋は」里崎が訳知り顔に言った。当たり前のように部屋に入ってきている。

「なんで言い切れるんだよ」

「入られた部屋は、どこもめちゃめちゃに荒らされてるんです。そりゃもうわかりやすいぐらいに」

「あっそ」吉川は小さく息をつき、引き出しを戻した。

里崎に「クローバー」で約束のランチをおごり、店を出たところで本題に入った。店内は他学部の教員たちでいっぱいで、その話ができなかったのだ。

「西洋文化史講座の学生部屋に出入りして、探りを入れてるんですがね」里崎が楊枝《ようじ》をくわえたまま言った。「これという情報はまだつかめてません。ただ、どうも佐古先生は、仕方なくフクロウを採用したっぽいんですよねえ」

里崎には、袋井がこの大学にやってきた経緯を調べられないかと頼んであった。

「仕方なくって、どういう意味だ？」

「最近の講座の飲み会での出来事だそうなんですがね。教員で参加したのは佐古先生だけで、フクロウは来なかった」

「当たり前だ。フクロウなら早朝の宴会は遠慮したいだろう」

「それを言うなら、カラスだってさっさと巣に帰って寝たかったと思いますよ」

「まあ、そりゃそうだな」

「話を戻すとですね、飲み会の会計のとき、佐古先生はいつものように一万円を出した。すると幹事の学生が、『袋井先生のお財布もあてにしてたんですけど……』と困ったように言ったらしいんですよ。それを聞いた佐古先生、切なそうに財布からもう一枚、万札を」

「二万か。痛いな」

「ある院生が気の毒に思って、佐古先生に『袋井先生がいらしてから、いろいろたいへんですね』と声をかけた。そしたら佐古先生、泣き笑いみたいな顔して言ったそうです。『まあ、たいへんなことはわかってたわけだから、仕方ないよねえ』って」

「なるほどね」吉川は人差し指を嚙んだ。「フクロウが厄介《やっかい》な男だということは、初めから知ってたわけだ。それでも奴を採用しなければならない理由が、佐古さんにはあった」

「佐古先生はフクロウに弱みを握られてるって話もありましたよね」

「根拠のない噂だけどね。あるいは、他に黒幕がいて、フクロウを送り込んできた。僕の見立てはむしろそっちだ」

「黒幕ねえ」里崎は同意しかねるとでも言いたげに楊枝を折る。

「いずれにせよ、まずはフクロウの目的だ。奴の動きを見ていると、それが二つあるように思える」吉川は人差し指を立てた。「一つは、純粋に自分自身のため。首藤さんをアカハラで失脚させたのは、フクロウ自身が過去に起こしたアカハラ疑惑を追及されるのを逃れるためでもあった」

「経済学部長のリベート事件のときは、賭けトランプで負けが込んでたのをチャラにさせたんですよね」里崎がカードをめくる手つきをする。「ポーカーでしたっけ?」

「ムスだよ。そもそもあれはトランプじゃなくて——いや、そんなのどうでもいい」嫌な気分を振り払うように首を振る。「こないだの大講堂ダブルブッキング事件のときも、つまるところはフクロウ自身が大講堂のステージに立ちたかったんだ」

「うーん、気持ちいいぐらい自己中」里崎はなぜかうらやましげだ。

「気持ちよくねえよ」思わず語気が荒くなる。「こっちは散々振り回されたんだ」

「まあまあ」里崎が余裕ぶってなだめる。「で、もう一つの目的は、学長選がらみだって言いたいんでしょ？」

「そうなんだけど、まだ謎が多い。僕は最初、フクロウは宗像学部長の指示を受けて首藤さんを陥《おとし》れたんだと考えた。宗像さんも実は候補者になりたがっていたという話があったからな。でも、あの二人がグルだというのは思い違いだった」

「リベート事件では、経済学部長もろとも宗像先生まで爆死したわけですからねえ。フクロウが仕掛けた爆弾で」

「つまりフクロウは、人文学部の誰かに操られていたわけじゃない。それがわかった矢先に、大講堂ダブルブッキング事件が起きた。フクロウと一緒に教育学部長に呼び出されたときは、すべてがつながった気がしたんだよ。教育学部は、学部改組の成功と引き換えに、医学部の候補を支持することになっていた」

「それってつまり――」さすがの里崎も真顔になる。

「フクロウのバックにいるのは教育学部長、場合によっては医学部だ。そう考えれば、奴が人文の学長候補者を次々につぶしたことも、教育の改組計画に協力しようとしていることも、うまく説明がつく──はずだったのに」

「フクロウは改組に協力するどころか、それをぶっ壊しちゃったと」

「まったく何がやりたいんだ？　あのフクロウ野郎」顔を歪めて吐き捨てる。

「やっぱ、ただの自己中なんじゃないすか？　学長選とは何の関係もないんですよ」

「じゃあなんでことあるごとに学長選のキーパーソンたちとからむんだよ。全部偶然だって言うのか？」

「そう言われちゃうと、困るんですけどねえ」里崎はそこでわざとらしく声をひそめた。

「学長選といえば、うちのボスがちょっと怪しいんすよ」

「怪しい？」

「このところ、また動きを活発化させてるんです。電話口でも端々に『候補』とか『推薦』て言葉を口にするようになったんですよね。もしかしたら、まだ学長選をあきらめてないのかも」

「嘘だろ？　戒告処分を受けたばっかりだぞ」

「いや、さすがに本人が出るのはもう無理っしょ。だから代わりの人間を擁立して、影響力を行使したいんですよ、きっと」

「代わりの人間て、どこの誰だよ」

「わかりません。でも最近、毎日のように法学部に出入りしてるっぽいんですよね」

「法学部――」

言われてみれば、あの男がやりそうなことだ。それにしても、息を吹き返すのが早い。アカハラ問題で首藤が受けたダメージは、やはりそこまで深刻なものではなかったということか。

学長選に興味はないが、学内政治において首藤が力を保持するのは気分のいいことではない。吉川は胸に嫌なつかえを感じて、唾《つば》を飲み込んだ。

人文学部の校舎に入ると、里崎が何かを見つけて「お！」と声を上げた。

見れば、廊下の先にやせこけた男がいる。倫理学講座の助教、藪下《やぶした》だ。男子トイレから出てきたばかりらしい。紙きれのようなものをしきりに振って、水を切っている。

「またやってますよ」里崎があざけるように歯を見せた。

「何を振ってるんだ？」

「札ですよ、万札」

「万札？」声をひそめて問い質《ただ》す。「またやってるってどういうことだ。びしょ濡《ぬ》れだぞ？」

藪下はこちらに背を向けた。猫背をさらに丸めて廊下を進み、突き当たりの非常口から校舎を出て行く。

「あの人、これから雀荘《ジャンそう》ですよ」里崎が言った。

「麻雀《マージャン》の前に札を濡らすのか？　何のために？」

「濡らすんじゃなくて、洗うんです。藪下流の験《げん》かつぎらしいですよ」

藪下は、確かもう四十五か六だ。吉川は言葉を交わしたことすらないが、彼にまつわる話はよく耳にする。もちろんほとんどが陰口だ。

藪下が研究もせず毎日雀荘に通いつめていることは、学部の誰もが知っている。このまま「万年助教」になり果てるのは間違いない。一昨年、倫理学講座に三十代の准教授が赴任してきたからだ。

定年まで勤め上げることができれば、まだいい。この大学では最近、全教員を対象にした任期制の導入が議論されている。もし導入が決まれば、藪下のような教員は最初の任期終了と同時にクビが切られるだろう。

「どうしようもないな、あの人は」吉川はため息まじりに言った。

「昔は期待のホープだったんでしょ？　東大出の」

「デビュー論文が世に出たときは、相当もてはやされたらしい。時代遅れのカント研究に新風を吹き込む瑞々《みずみず》しい感性の登場——とか何とか。今は瑞々しいどころか、ひからびた厄介者だよ」

「そんな人が、なんであんなことになっちゃったんですかねえ」

「さあ。プライドが高すぎる人間は、一度こじらせると面倒なんだろ、きっと」

それらしいことを言ってはみたが、吉川にはまるで興味のないことだった。キャリアの途中で沈没する学者など、いくらでもいる。

問題は、国立大学にはそういう教員を追い出す手段が——任期制でも導入しない限り——ほとんどないということだ。無駄メシを食っている万年助教や、早々と研究を降りて老害をまき散らすような教授たちには、一刻も早くポストを空け渡してほしい——これは全国の若手研究者たち共通の願いだ。

＊

ニンニクを炒《いた》める香りにつられて、のれんをくぐった。

手前のテーブル席では、ネクタイを緩めたサラリーマンが一人でビールを飲んでいる。床が油でぬらつくのを感じながら、まっすぐ奥のカウンター席に向かう。店主は中華鍋を振り続けるばかりで、吉川のほうを見もしない。いつものことだ。

六席あるカウンターには、先客が一人だけいた。右端の席で背中を丸め、顔を器にうずめるようにして食べている。吉川は給水器で水をくみながら、店主に告げた。

「五目チャーハンと、餃子《ギョーザ》一人前」

店主が渋い顔でかすかにうなずいた。注文は完了だ。

カウンターの左端に腰を下ろそうとして、やっと気づいた。右端にいる先客は、藪下だ。吉川は週に一度はこの中華料理屋で夕飯を食べて帰るが、彼を見たのは初めてだ。どうやら今日はこの男に縁があるらしい。

藪下はこちらに目もくれず、夢中で天津飯《てんしんはん》をかきこんでいる。声をかけようか迷っていると、また気がついた。ぎょっとして思わず目をそらす。藪下は泣きながら食べているのだ。

吉川はもう一度その横顔をうかがい見た。天津飯でふくらんだ頰を、確かに涙がつたっている。器の横に、折りたたみ式の携帯電話が開いた状態で置いてあった。ときおりその画面に目を落としては、洟《はな》をすすっている。

なぜこんなことになっているのか、想像もつかない。百歩譲って、ここが居酒屋だというならまだわかる。泣き上戸《じょうご》の中には、一人で飲んで泣くというタイプもいるだろう。だが、藪下の前にはビール瓶《びん》一本ないのだ。

突然、藪下がレンゲを投げるように置いた。

「あーもう!」うめくような叫びを店内に響かせる。「全然味がしない!」

店主もこれには鋭い目を向けた。吉川は思わず身を縮こまらせる。だが店主は何も言わず、また鍋を振り始めた。藪下も何事もなかったかのようにレンゲを口に運び始める。

吉川の視線を感じたのか、藪下が急にこちらを向いた。「どうも」とぎこちなく会釈すると、藪下はしばらく考えてから「ああ」とだけ言った。

さすがに吉川の顔には見覚えがあったようだが、名前までは知らないだろう。どんな会議だろうと出席せず、委員の仕事も一切引き受けない藪下とは、接点の持ちようがない。接点があったとしても、彼が他人に興味を抱くとも思えない。

しばらくすると藪下は、ポケットの小銭を代金分だけカウンターに並べ、黙って店をあとにした。残された皿はきれいに空になっていた。

食事を終えた吉川も、十五分ほど遅れて店を出た。車通りの少ない県道を、自宅に向かって歩き始める。小さな児童公園にさしかかったとき、中で派手な電子音が鳴り響いた。出入り口のそばにある自動販売機で、誰かが当たりくじを引いたらしい。

公園をのぞくと、自動販売機の明かりに照らされて、藪下が立ちつくしていた。手に缶コーヒーを二本持っている。吉川はまた「どうも」と頭を下げた。藪下はしばらく無言で吉川を見つめ、一本を差し出してくる。

「え――」仕方なく受け取った。「いいんですか」

「当たらなくていいものばかり、当たる」藪下はベンチに腰かけると、麻雀牌《パイ》を起こすジェスチャーをしてみせた。「こっちはまるでだめだったのにな」

「まさかとは思いますけど……」ためらいながら訊ねる。「麻雀で負けたからじゃないですよね？」

「ああ？」藪下が眉を上げた。

「いや、さっき中華屋で……」泣いてたでしょ、とはさすがに言いづらい。

「ああ」藪下は缶のプルタブを開けた。「泣きながらものを食べると、味がしないんだな」

「――なるほど、そういう意味でしたか」聞きたいのは涙の理由だったが、しつこく問い質すわけにもいかない。「そりゃそうですよね。あの店、味つけ濃いですもん」

「まったく、損した気分だ」藪下はひとりごとのようにつぶやくと、缶コーヒーをすすった。

＊

三時限目の開始時刻が迫っていたので、人文社会学科の学科会議は慌ただしくお開きとなった。弁当箱を広げていた教員たちが急いで片付けを始める。この会議は学科の意思決定機関だ。なるべく多くの教員が出席できるようにと、昼休みをつぶして開かれることも多い。

みなが席を立ち始めたとき、学科長が「あ、最後にもう一つだけ！」と声を張り上げた。

「昨日の盗難事件なんですけどもね。みなさんに自室をご確認いただいた結果、入られたのは五部屋だけということで確定だそうです。他に被害はありません」

「あれ？　昨日は六部屋って言ってなかったっけ？」誰かが言った。

「ええ、当初は藪下さんの部屋もやられたと見られていたんですが、違ったそうなんです。藪下さんがおっしゃるには、鍵が開いていたのは、いつも施錠せずに帰るからだと」

あちこちで失笑が漏れる。藪下もこの学科の一員なのだが、誰もこの場に彼の姿を探そうとはしない。

「でも、部屋の中が荒らされてたんじゃなかったの？」

「それもいつものことで、ただ散らかっていただけだと。現に、盗《と》られたものは何もないそうです」

「泥棒もそんな部屋を見て、こりゃ先客がいたかと勘違いしたんだな」

別の誰かの言葉に、どっと笑いが起きた。

講義などの予定がない吉川は、ほとんど最後に会議室を出た。それを待ち構えていたかのように、廊下で三谷《みたに》が声をかけてくる。

「吉川さん、お昼まだだよね。一緒にどう？」

ぎょろりと大きな目で見つめられると、うまい言い訳が浮かばない。

「ああ……いいすね」

「学食でいい？　ああ、吉川さんはいつも『クローバー』か」

　三谷は社会学講座の准教授だ。大学の教職員組合では若手のリーダー格で、役職にも就いているはずだ。教授会でも学科会議でも、教授たちにずけずけと意見を言う。吉川もここに赴任したばかりのころ、三谷に飲みに連れ出され、組合に勧誘されたことがある。やんわり断ったのだが、根に持ってはいないようだ。現に、今も時どきこうして声をかけてくれる。

　結局「クローバー」に行くことになった。もう一時半だったので、他に客はいなかった。奥のボックス席に落ち着くなり、必要以上に大きな声で三谷が言った。

「聞いた？　教育学部の改組の話」

「え？」どきっとした。動揺をさとられないよう神妙な顔を作る。「まあ、だいたいのところは」

　一之瀬学部長の企みとその失敗は、あのあと広く学内に知れ渡った。だが、それに吉川ら三人がかかわっていたことは、どこにも漏れていないはずだ。

　ちょうどママがお冷やを持ってきた。ひと口含んで気持ちを落ち着ける。

「命拾いしたわねえ、人文は」ママが小首をかしげて微笑んだ。

「は？」三谷は大きな目をぎょろつかせて、ママと吉川の顔を見比べる。

「情報の集積地になってるんですよ、この店」

吉川が言うと、ママはちろっと舌を出してカウンターのほうへ戻っていった。

「噂には聞いてたけど、なるほどな」三谷は感心したようにつぶやいて、話を戻す。「とにかく、抜け駆けなんて絶対に許せない。医学部にすり寄って自分たちだけ生き残ろうとか、品性を疑うね。あの一之瀬のような男が教育学部長だというんだから、恥ずかしい限りだよ」

「ええ、まったく……」

怒りのこもった三谷の言葉に、いやな汗がにじんでくる。抜け駆けは、自分もだ。移籍と引き換えに一之瀬に協力しようとしていたことが人文学部の面々に知られたら、まずいことになる。定年の近い石神ならいざ知らず、吉川はこれから人文学部で長く過ごさなくてはならないのだ。

「一之瀬みたいな人間がいるから、文系がなめられる。これ以上なめられないためにも、文系学部から学長候補者を出すことは重要だ。医学部が気に入らないから、理工学部の候補者に投票する――なんてことではだめなんだよ」

「そう、ですよね」

曖昧に返すと、三谷がコップをわきにどけ、身を乗り出した。

「首藤さんは、いったいどういうつもりなのかな？」

「あー……」三谷が何の話をしたかったのか、やっとわかった。「首藤さんが法学部の誰かのところに足しげく通ってるって話ですか。それなら僕にはちょっと……」

「吉川さんには面白くないだろうけど、首藤さんが文系学部でまだ一定の影響力を持っていることは確かだ。彼あたりが根回しに動かないと誰も立たないというのはわかる。そういう意味では、僕は首藤さんを評価してるんだよ。でも、どうして井澤《いざわ》教授なんだ？」

「井澤教授という方なんですか」

「何だ、ほんとに何も知らないんだな」三谷の顔に失望の色が浮かぶ。「昨日、うちの教授のところに首藤さんと宗像学部長が訪ねてきたそうだ。井澤教授の推薦人に名を連ねてくれないか、という話だった。井澤さん本人は首藤さんに持ち上げられて、その気になっているらしい」

「どういう方なんでしょうか、井澤教授って」

「法学部の前学部長だ。よく言えば常識人、悪く言えば俗物だね。リーダーとしては典型的な調整型で、指導力はない。文系の代表として担ぐほどの人物じゃないよ」

ママが日替わりランチを運んできた。手早く配膳しながら言う。

「井澤センセ、たまーにだけど、ここにコーヒー飲みにくるの。学部長に決まったときは、『俺もついに上がりだよ』とか言っちゃって、ご満悦だったたわよ」

「なるほど、そういう感じですか」

「うん。確かにおだてに弱いタイプね、あれは」

ママがお盆を胸に抱いて立ち去ると、三谷が箸を割りながら言った。

「首藤さんが候補者になるというならまだ許容できる。ま、清濁あわせ呑《の》むという心境だよ。だが、井澤教授となると話は別だ。首藤さんにとっては御《ぎょ》しやすい相手なんだろうが、そんなことで選んではいかんだろう？　もっと若くて志のある教授を立てるべきだよ」

「三谷さんには、誰か担ぎたい人がいるんですか？」

「いないことはない」三谷は持ち上げかけた椀を、また下ろす。「例えば、経済学部の遠藤《えんどう》教授。まだ五十一だが、リーダーシップも熱意もある」

「遠藤教授……」どこかで聞いた名だが、思い出せない。

「僕個人の意見はともかくとして、今、文系学部の准教授や助教に声をかけて、有志を集めてるんだ。我々若手の声も候補者選びに反映させてもらえるよう、首藤さんたちに申し入れるつもりだ。君もぜひ我々に力を貸してほしい」

「え？　いや、まあ……」鋭い眼光にまた気圧される。「僕にできることがあれば、もちろん……」

そう答えはしたが、この運動が広く支持されるとは思えなかった。旗を振っているのが三谷である以上、組合がらみの活動かと敬遠される可能性が高い。

「候補者の推薦は来月十八日で締め切られる。急いで動かないと、もう時間がない」

三谷は自らに言い聞かせるようにうなずくと、やっとみそ汁に口をつけた。

店を出て大学に戻る道中も、学長選の話が続いた。三時限目を終えて帰宅する学生たちの流れに逆らって歩きながら、吉川が訊ねる。

「意向投票は、一月の半ばでしたっけ？」

「一月二十日。その三日後の二十三日が、運命の学長選考会議だ」

学長の任期は四年なので、吉川は今回初めてその選挙に参加することになる。

プロセスはこうだ。まず、学長の決定機関として、年度の初めに学長選考会議という機関が組織される。会議を構成するのは、十名の学内委員と、同じく十名の学外委員。学内委員は学部長や評議員が務め、学外委員には県内の政治家、有識者、財界人が任命される。

学長選考会議は期限を定めて候補者の推薦を受け付ける。これには二十人以上の推薦人が必要だ。推薦を受けた者は、事前審査を経て、学長候補適任者として公示される。

候補者がそれぞれ所信を出したあと、選挙の前段とも言うべき「意向投票」が実施される。投票権が与えられているのは、非常勤講師を除くすべての教員と、管理職の事務職員だ。だがその名が示すとおり、これはあくまで教職員たちの「意向」をはかるものにすぎない。

学長の決定権はあくまで学長選考会議にある。最終選考において候補者によるプレゼンと質疑応答がおこなわれたあと、二十名の委員の投票によって学長が選出される。

「よくわからないのは、意向投票の扱いなんですよね」吉川は以前からの疑問を口にした。

「規定では、『学長選考会議は意向投票の結果を参考にして』となっている」

「『参考』ってことは、結果に縛《しば》られないわけですよね？　必ずしも意向投票で一位の候補者を選ぶ必要はないわけだ」

「ルール上はそうだけど、そんなこと絶対に許されないよ。過去の選考でも、我々の意思が常に反映されてきたんだ。大学の自治を踏みにじるようなまねができるわけない」

三谷は険しい顔で首を振る。「そもそも、文科省が学長選考会議なんてものを押しつけてきたこと自体がおかしいんだ。法人化とか学外理事とか経営感覚とか、そんなものは学問の自由を阻害する方向にしか働かない」

「法人化前は、教員による学内選挙だけで決まってたわけですよね」

「うん。そのやり方に問題がなかったとは言わないけど、それが本来の自治ってもんだろう」

人文学部の校舎まで来ると、ちょうど玄関から首藤が出てきた。首藤は吉川に冷めきった一瞥を投げ、続いて隣の三谷に目をやる。

すれ違いざま、吉川と三谷は軽く会釈したが、首藤は無視するように視線をはずした。

＊

盗難事件に動きがあったのは、その発生から四日後のことだ。

犯人逮捕の一報が大学に入ったのだ。一斉に検挙されたアジア系外国人窃盗団の中に、人文学部で盗みを働いたことを自白した二人組がいたという。

今朝メールで全教員に伝えられたところによれば、盗まれた品々はすでに故買《こばい》のルートに流されていて、返ってくる可能性はほとんどないらしい。相手が不法滞在の外国人ということを考えれば、弁済というのも難しいだろう。

講義を終えてオフィスに戻ろうとしていると、廊下の先で宗像学部長が助教の嶋と話し込んでいた。

「いやいや、そんな大金、置きっぱなしにしないですよ」嶋のかん高い声が廊下に響く。

「でもね、犯人たちは確かにそう言ってると、刑事さんが」宗像は困り顔で一枚の紙を振り回している。

どうやら盗難事件のことらしい。嶋のオフィスは被害に遭った五室のうちの一つだ。気の毒に、買ったばかりのノートパソコンを持っていかれたと聞いている。二人がいるのが自室のそばだったので、声をかけた。

「どうかしました？」

「合わないんですよ、犯人の自供の内容と、実際の被害が」宗像が電子メールのプリントを示した。「警察から事務に連絡があったところによるとですね、二人組はこの校舎で少なくとも三万円の現金を盗んだと言っていると。現金を持っていかれたのは嶋さんだけなんですが――」

「だから、僕が盗られた現金は、引き出しに入れてあった千円札一枚と小銭だけですって。全部で千五百円あるかないかです」

「でもですね、犯人たちはそのあとすぐにお金を使っちゃったわけですから、いくらあったかはよく覚えているはずだと――」

「そいつら、あちこち盗みに入ってたんでしょ？　他所で盗んだ金とごっちゃにして、適当なこと言ってんですよ」嶋は忌々しげに吐き捨てた。

「合わないのは、現金の額だけなんですか？」吉川が訊いた。

「明らかな食い違いはそこだけです。ノートパソコン、デジカメ、ポータブルハードディスクなどについては、犯人も何台盗んだかはっきり覚えていないらしく、きちんと照合できないんですよ」

宗像はそう言ってコピー用紙を差し出した。犯人の自供内容が〈ノートパソコン　3

〜4台、デジタルカメラ　4〜5台〉などと箇条書きにされている。リストの最後に〈トランシーバー？　1台〉という項目があった。

「この〈トランシーバー〉って、何ですか？」

「ああ、それも齟齬《そご》といえば齟齬ですかね」宗像がだぶついたあごを引いた。「犯人も、それが何かよくわからなかったと言っているそうです。盗んだ品物はどさっとまとめて売っぱらったみたいでね。警察は大昔の携帯電話か何かだろうと考えているようですが」

「そういうものが盗まれたと申し出た人はいないわけですか」

「僕はそんなの持ってませんよ」

嶋が口をとがらせて言うと、宗像がうなずいた。

「はい、どなたも心当たりがないと。なくなったことにも気づかないようなガラクタだったということでしょうかねえ」

「まあ、実際に確認されている被害のほうが少ないというのは、まだいいですよね。それが逆なら困りますけど」

「どうでもいいですよ」嶋は投げやりに言った。「どのみち僕のパソコンは返ってこないんですから」

明日の講義で配る資料を作り終えたときには、夜九時を過ぎていた。

用を足してから帰ろうとトイレへ行くと、運悪くそこに首藤がいた。ハンカチを口にくわえ、洗面台で手を洗っている。

吉川は軽く頭を下げながらその後ろを通り、小便器の前に立つ。ファスナーを下ろしたとき、首藤の声がトイレに響いた。

「今日、『若手有志の会』とかいう連中が、うるさいことを言いにきたよ。料亭政治みたいなことはやめろだの、もっと若手の意見を聞けだの」

「――そうですか」

まともに言葉を交わしたのは、おそらく一年半ぶりのことだ。先月のあのやり取りは、とても会話とは言えない。横目で洗面台を見ると、首藤はハンカチで手を拭いている。鏡越しに目が合った。

「『有志の会』などと言っているが、大半が組合活動に熱心な連中だ。君も最近、三谷君と親しくしているようじゃないか。仲間に入ったわけか」

「そういうわけじゃありません」

それは嘘ではない。三谷は「クローバー」で話していたことを実行に移した。文系学部の准教授と助教ら十数名で、学長選について考える会合を二回ほど持ったらしい。吉川も声をかけられたが、都合がつかないと言って断った。

「三谷君は、経済の遠藤教授の名前を挙げていたよ。三谷はもう少しまともな男かと思っていたが、笑止千万とはこのことだ」

「どうしてですか」緊張で小便が出てこない。

「遠藤という人物は、准教授時代、教職員組合で書記長をやっていた。教授に昇格したときに組合は抜けたようだがな。要するに、三谷にとっては思想信条を同じくする先輩だよ」

「──そうですか」遠藤という名前をどこで見たのか思い出した。組合のビラで目にしたのだ。

「遠藤教授は今でこそ環境経済学の専門家を自称しているが、もとをただせば生粋《きっすい》のマルクス経済学者だ。マル経の元書記長に、いったいどれだけの人間が票を入れるというんだね？」

「さあ。僕はあまり興味がないので」

鏡に映った首藤が、口の端を歪める。

「興味があるのは、自分の保身だけか」

「え──？」血の気が引いた。

「惜しかったな。あとひと息で一之瀬さんの新学部に移籍できるはずだったそうじゃないか。そう、幻の『総合人間科学部』か」

「なんで、それを……」心臓が狂ったように打ち始めた。手足も小刻みに震えている。

首藤が首を回して直接吉川を見た。

「石神さんと、あの袋井とかいう男も一緒にスカウトされたんだろう？ そんなに人文の居心地が悪いなら、出ていってもらったほうがいい。石神さんが最後までやり遂げられなかった理由はよくわからんが、仲間を売って保身をはかるようなメンバーとは、我々も一緒にやっていけない。みなに聞いてみてもいいが、誰もが同じ意見だろう」

凍えるような首藤の視線に捕われて、吉川は声も出せない。

やがて首藤は鏡に向き直った。吉川の存在を無視するように、うすくなった髪を整える。そしてそのまま悠然《ゆうぜん》とトイレを出ていった。

それを見届けた吉川は、手も洗わずに廊下へ飛び出した。階段を駆け上がり、袋井のオフイスに直行する。夜九時を回っているので、もう出勤しているはずだ。小窓から光が漏れるドアを乱暴に叩き、返事も待たずに中に飛び込んだ。

「何だ、騒々しい」袋井は今夜も洋書を開いていた。

「まずいです！」後ろ手に扉を閉めながら早口で告げる。「まずいことになりました。首藤さんが、あの一件のことを知ったようなんです！」

「あの一件？」

「教育学部の改組の件ですよ！ ったく、どこから漏れたんだ」舌打ちをして、人差し指を強く嚙む。

「ほう」フクロウが鳴いた。「そんなこと、もうみんな知っているだろう」

「違いますよ！」さすがに声が高くなる。「僕たち三人が一之瀬さんに協力しようとしたことです！」

吉川はいらだちを堪《こら》え、トイレでの出来事を話して聞かせた。三谷たち「有志の会」の話も含め、すべてだ。その間ずっと書物に目を落としていた袋井が、顔を上げた。

「それで？」

「それでって」額の脂汗を手の甲で拭う。「首藤の奴、人文のみんなにばらす、と脅しめいたことまで言ったんですよ？　そんなことされたら困るでしょうが！」

「私は困らない」袋井は眉一つ動かさない。「そもそも協力などしていない」

「結果的にはそうかもしれないけど、僕ら三人とも、一之瀬さんの誘いに乗ったでしょう？　いそいそと個人調書まで出したじゃないですか！　言い逃れできない」

「少し静かにしてくれ。大声を出さなくても聞こえている」

「あーもう」吉川は頭をかきむしった。「なんでこんなことに……」

「助けてほしいか」袋井がばたんと本を閉じた。太い首を回し、大きな頭をこちらに向ける。

「へ？」呆《ほう》けたような声が出た。

「一つ、条件がある」

「条件──」

「私は来月からしばらくの間、スペインに帰る。日本の冬は寒すぎるからな。戻ってくるのは、二月の末か三月だ」

「講義はどうするんです？　また佐古さんに丸投げですか」

「そんなものどうとでもなる。問題は、私が今年度、入学試験の試験監督にあたっていることだ。それを代わりにやれ」

「このピンチから逃れられるなら、何だってやりますよ」半信半疑のまま捨《す》て鉢《ばち》に言う。

「試験監督でも採点でも」

「ほう」袋井の三白眼が光をたたえて吉川を捉える。「ディール、だな」

猛禽に見つかったねずみのように、思わず体がすくんだ。袋井のバリトンボイスが響く。

「では指示を出す。まず、三谷に、藪下のもとを訪ねろと言え」

「藪下って……助教の藪下さん？」あまりに意外な名前だった。

「そして、例の『有志の会』の会合をもう一度開くよう伝えるんだ。ただし、時間は夜九時以降だ」

「どうして九時なんです？」

「私もそれに出るからだ」

「は？　冗談でしょ」

＊

昨日招集がかかった臨時の人文学部教授会は、夕方五時に始まった。

後ろの壁際に並んだパイプ椅子に、見慣れない面々が十人ほど座っている。法学部、経済学部、教育学部の准教授たちだ。「若手有志の会」のメンバーに違いない。

会議室の入り口で配付されたレジュメには、議題が一つだけ書かれている。〈学長候補の推薦について〉という曖昧なものだ。教授会の議事は文書として残されるのだが、今日の議論の中身はほぼ記録されずに終わるだろう。

袋井の指示を実行してから一週間が経っている。その間に三谷たちが何をしていたのか、それがどうして自分を救うことになるのか、吉川は知らない。それも今日この場で明らかになるはずだ。

すでに六十人弱が席についているので、出席率は九割ほどか。普段より集まりがいい。いつもと違う雰囲気に、会議室はざわついている。

吉川は室内をざっと見回し、嶋を見つけてその隣に座った。後列の席だ。教授会の構成員に助教は含まれていないが、今日は特別に出席が求められていた。

「あれが噂の有志たちですか」嶋が後ろの壁に向けてあごをしゃくる。「吉川さんは入ってないの？」

「いや」吉川はかぶりを振った。「声はかけられたけどね」

今日の教授会は、三谷たち「有志の会」が開催を強く求めたものだという。ここで執行部に何か要望を突きつけるらしいという噂が、すでに広まっていた。周りの席からも、いろんなささやきが聞こえてくる。

「三谷さん、気合い入ってましたよ」

「そもそもさ、教授会によそ者なんか入れていいの？」

「もめそうだなー。今日、早く帰んなきゃなんないのに」

正面の長机には宗像学部長がこちらを向いて座っている。両脇をかためるのは副学部長と評議員。その隣には首藤もいる。

三谷は数人の准教授とともに最前列に陣取っていた。さっきから探しているのだが、やはり袋井と藪下の姿はない。藪下はともかく、フクロウにとっては朝が早すぎる。

開始時刻になったことを事務長が告げた。宗像がマイクを取ってしゃべり出す。

「えー、まずは、この臨時教授会が急な招集になってしまったことをお詫《わ》び申し上げます」なぜか宗像はもう大汗をかいている。「また、本日は特例として他学部の方々にオブザーバーとしてご同席いただいておりますので、どうかお認めいただきたく存じます」

前置きが終わると、おざなりな報告が何件か続いた。学長選の今後の流れや日程の確認など、議事録に記載するためだけのような事案だ。

宗像はたるんだ顔を扇子であおぎながら、本題に入っていく。

「それでは、学長選考の現在の状況についてご案内申し上げます。まだ公示前ではありますが、今のところ二名の方が学長選考会議に推薦されております。おひとかたは、現医学部長の財津《ざいつ》教授。もうおひとかたは、理工学部、融合領域研究センター長の宇田川《うだがわ》教授であります」

そんなことは周知の事実なので、出席者からは何の反応もない。宗像が続ける。

「当然のことながら、法、経済、教育、人文の文系四学部からもぜひ候補者をという声が、従前より上がっておりました。各学部執行部を中心に意見交換を進めて参りましたところ、法学部の前学部長、井澤教授にぜひともご出馬願いたいということになりました」

このことを知らなかった教員も一部いたらしく、控えめなざわめきが起きた。

「つきましては、推薦人代表の首藤教授から、この度の経緯についてご説明いただけるとのことでございます。では——」

宗像が慌ただしく告げて、マイクを首藤に渡す。首藤はすぐに起立した。

「首藤でございます。二十名の推薦人を代表いたしまして、みなさまにご報告と、井澤教授支持のお願いを――」

そのとき、最前列の数名が椅子を蹴り、口々に声を上げた。

「ちょっと待ってくださいよ！」

「異議あり！　異議あり！」

「約束が違うじゃないか！」三谷がひときわ大きな声を張り上げる。「その話の前に、我々に意見を述べる時間を与えると言ったでしょう！」

会議室は騒然とし始めた。三谷たちに対するあきれまじりの野次や、せせら笑いも多い。後ろのオブザーバー席だけが、「マイクだ！　マイク渡せ！」と援護の声を飛ばしている。

吉川はうんざりして嶋と顔を見合わせた。三谷たちのボルテージがなぜここまで上がっているのか、まるで理解できない。袋井はいったい何を仕掛けたのだろうか――。

「みなさんお静かに！　静粛に！」

宗像が真っ赤な顔で叫ぶが、騒ぎはおさまらない。宗像と首藤が小声で何かささやき合う。

首藤がいら立った様子でマイクを三谷のほうへ差し出した。三谷は素早くそれを奪い取り、こちらに体を向ける。

「みなさん！」三谷は大きな目を血走らせて叫んだ。マイクがハウリングを起こし、嫌な音を響かせる。「みなさんご存じのように、本来、候補者として学長選に出ることになっていたのは、この首藤教授でした。首藤教授は、処分を受けて出馬を断念したあと、今度は自分が意のままに操れる人物——すなわち法学部の井澤教授を候補に仕立て上げようとしているのであります！」

聴衆はさすがに静まった。後ろで誰かが「そうだ、そうだ！」とあいの手を入れる。

着席した首藤は腕組みをして、目を閉じている。

「そんなことが許されていいのでしょうか！　我々文系学部の代表を選ぶ場を、首藤教授らほんの数人の教授たちの好きにさせてはならない！」

今度はオブザーバー席で拍手が起こる。吉川はため息をついた。ここまでアナクロな茶番には、とてもついていけない。

「学生運動のアジ演説って、こんな感じだったんですかね」隣の嶋がしらけた顔で言った。

「うん。僕も今同じこと思ってたよ」

三谷はさっと片手を上げ、拍手を止めさせた。明らかに自分に酔っている。声のトーンを一オクターブ下げ、もったいぶって続ける。

「我々『若手有志の会』は、みなさんに重要な報告をしなければなりません。ここにいる首藤教授に関する、極めて重大な疑義です」

会議室の空気がわずかに変わった。全員の意識がぴんと張ったのがわかる。首藤が目を開き、三谷をにらみつけた。

「まずは、これをご覧ください」

いつの間にか、最前列の机にノートパソコンとプロジェクターがセットされていた。投射レンズのふたが外され、正面のホワイトボードに一枚の写真が映し出される。

夜間にフラッシュなしで撮影されたものらしく、暗い写真だ。二人の男が和風の建物から出てきたところを隠し撮りしたように見える。右の男は首藤だ。左の人物は確か——。

「首藤教授は、医学部長の財津教授と、県内の高級料亭で密会を重ねていました。我々が把握している限り、九月に入ってから五回もです」

会議室がまたざわつき始める。

「何だよ、これ……」吉川も思わずつぶやいていた。

首藤は写真には一瞥を投げただけで、すぐ三谷に視線を戻した。眉間《みけん》のしわがさっきより深い。宗像は扇子で口もとを隠しながら、副学部長に何やら耳打ちしている。

「互いに学長候補として敵対関係にあるはずの二人が、いったい何の密談をしているのか」三谷の口ぶりが、ますますけれん味を帯びる。「我々はそれもつかみました。これをお聞きください」

仲間がノートパソコンを操作し、音声ファイルを再生する。三谷がパソコンのスピーカー部分にマイクを当てた。サーッというノイズのあとに、年配の男の声が響く。電話での会話のようだ。

〈――ですから、大学院の医学系研究科の中に、もう一つ専攻を作るという形になるわけですよ。従来の医学専攻、看護学専攻、公衆衛生学専攻の他に、新たに首藤先生の臨床心理学専攻を設置しましてね、ええ――〉

誰もが身じろぎもせず、ひとことも聞き漏らすまいと耳をすませている。「研究科」というのは大学院における「学部」、「専攻」は「学科」に相当する組織だ。

音声はいったん途切れ、また別のファイルの再生が始まった。同じ男の声だ。

〈――臨床心理士養成のための専門職大学院は、まだまだ少ないですからね。首藤先生の臨床心理学専攻は、新しい医学系研究科の目玉の一つになると思うんですよ、ええ――〉

再生が終わった瞬間、会議室は大騒ぎになった。あちこちで「説明しろ！」と声が上がる。それをかき消したのは、マイクを通した三谷の叫びだ。

「今の声は、医学部長の財津教授のものです！　首藤教授は財津医学部長と密約を交わしていた！　首藤教授自身が出馬しようとしたのは、そしてまた井澤教授を擁立しようとしたのは、学長を目指してのことではない！　文系学部から候補者が出れば、文系票が理工学部の候補に流れるのを食い止めることができる。つまりは、理工学部への票を割るためなのだ！　医学部を有利にするためだけに、負ける前提で動いていたのだ！」

怒号が飛び交う。首藤と宗像はともに立ち上がり、騒ぎを鎮《しず》めようと何かわめいている。三谷の糾弾《きゅうだん》が続く。

「財津医学部長を学長にすることと引き換えに、首藤教授自身は医学部への移籍を約束されていた！　しかも、専門職大学院のトップとしてだ！　宗像学部長も、井澤教授も、我々も、みんな騙されてる！　首藤教授は裏切り者だ！」

宗像は腰が抜けたように椅子にへたりこみ、口をあんぐり開けて首藤を見上げた。首藤は真っ青な顔をして、逃げるように出入り口へと向かう。その背中に罵声《ばせい》があびせられる。結局首藤は一度もこちらに顔を向けることなく、足早に会議室をあとにした。

「……マジかよ」吉川は呆然として漏らした。

「もう、意味わかんないすね……」さすがの嶋も瞬きを忘れている。

思いもよらない展開だった。まさか首藤がそんなことを企てていたとは。吉川の裏切りどころではない。教育学部の一之瀬の抜け駆けよりもまだたちが悪い。自分の栄達のために、文系四学部を丸ごと売ったも同然だ。

首藤と一之瀬は、それぞれ別のやり方で、ともに医学部とつながっていた。そう考えれば、吉川ら三人が一之瀬の新学部設立に協力していたことを首藤が知っていたというのも、説明がつく。

それにしても、袋井だ。今回あの男が仕掛けた爆弾は、まさにメガトン級だった。いつの間に、どうやって、こんな大ネタを仕入れたのか。そして、藪下はいったいどんな役割を——。

室内の興奮がおさまらない中、三谷が再びマイクを構える。

「我々『有志の会』は、文系学部の代表として別の候補者を立てることを強く要求する！」

誰かが「もういいよ！　やめやめ！」と怒鳴った。宗像は呆けたように三谷を見つめるだけで、何も反応しない。

「四学部の准教授を中心に、すでに推薦人が十五人まで集まっています！」

またざわめきが大きくなる。だが残念ながら、三谷の快進撃もここまでだ。三谷が経済学部の遠藤教授の名前を挙げた時点で、失望と冷笑の嵐が巻き起こるに違いない。

「我々が推薦するのは——」

三谷が会議室の片隅へと左手を伸ばした。

「人文学部の、佐古教授です！」

会議室は一瞬にして静まり返り、七十人の目がいっせいにそこへ注がれる。

佐古は顔を上げることさえできず、やせた肩をすぼめてひたすら小さくなっていた。

＊

「それにしても、佐古先生とはねえ」里崎がタンメンをすすりながら言った。「経済の遠藤教授がどんな人か知りませんけど、きっと佐古先生とは正反対のタイプでしょ？」

「だろうな」吉川は餃子を口に放り込む。「フクロウも『有志の会』の会合に出ると言っていた。おおかた、そのとき二谷さんに何か吹き込んだんだろう。何を言ったか知らないが」

「佐古先生、その教授会の場でもあがっちゃって挨拶もできなかったらしいじゃないですか。あの人は確かに『ザ・いい人』だけど、それってリーダーは無理ってことでしょ。誰も投票しないっつーの」

「でも、推薦人はなんとか二十人集まったらしいぞ。このまま受理されれば、文系学部から他に誰か出馬する可能性はほぼゼロだ」

あの異常な教授会の翌日には、「有志の会」のメンバーがそれぞれの学部で同じことを暴露した。井澤教授の推薦人たちは、みな潮が引くように署名を取り消したそうだ。

学内はまだ首藤と財津医学部長の密約の話で持ち切りだ。首藤自身は、あれ以来体調不良を理由に大学に出てきていないという。一方で、里崎の言うように、佐古をもり立てていこうという気運も生まれる気配がない。

証拠写真と音声ファイルの入手ルートについて、医学部から説明を求められるのではないかと懸念する声もある。だが「有志の会」は、情報源は絶対に明かさない、と鼻息も荒い。

引き戸が開いて、客がひとり入ってきた。時どきこの中華料理屋で見かけるサラリーマンだ。吉川たちのテーブルの横を通って、カウンターへ向かう。

「来ませんね、藪下先生」里崎がぼそりと言った。「あの人も謎だなあ。いつの間にフクロウとつるんでたんだろ」

吉川は無言で肩をすくめ、チャーハンをかき込む。

袋井は三谷をまず藪下に引き合わせた。例の写真と音声ファイルについて詳しい事情を知っているのは、袋井よりもむしろ藪下のほうだろう。だがここ数日、大学で藪下の姿を見ることはできなかった。この店に来れば会えるかもしれないと思ったが、今夜は空振りに終わりそうだ。

「あのカウンターで泣きながら食ってたんですよね？」里崎がそちらにあごをしゃくる。

「携帯見て泣いてたって言いませんでした？」

「そうだよ。何を見てたかは知らないけど」

「普通に考えたら、やっぱ失恋じゃないすか？」

「失恋？ あり得ないね」即座に断言したが、根拠はない。

「わかりませんよ。あの人、独身だもん」里崎は下卑た笑みを浮かべている。「ふられた女からのメールを読み返し、思い出の写真を見て、めそめそ泣いてたんですよ」

「気持ち悪い想像させんな」

「確かに」里崎がくっと笑う。「でも、ああいう人がストーカーになるのかもしれませんよ。粘着質っぽいし」

「お前さ、ちょっと言いすぎ――」

言いかけて、固まった。「ストーカー」という言葉からの連想が、一つのシナリオを提示した気がしたのだ。頭の中を整理するために、口に出してみる。

「ストーカーと言えば、盗聴だよな。盗聴と言えば――」

＊

それから三日間、毎晩仕事帰りに中華料理屋に通った。

四日目の夜、ちょうど食事を終えて出てきた藪下と、店の前で出会うことができた。

あの児童公園で缶コーヒーを二本買い、ベンチに並んで座る。今夜の缶コーヒーは、吉川のおごりだ。

「袋井さんから聞きました」確信がない以上、鎌をかけるしかない。「あれは、藪下さんが提供したそうですね。財津医学部長の電話の音声と、首藤さんとの密会写真」

「君、袋井さんの何？　仲間？」

「少なくとも、仲間じゃありません。しいて言うなら、袋井に利用された被害者かな。あなたと同じ」

「ふうん」藪下が音を立ててコーヒーをすすった。

「こないだの盗難事件、ほんとは藪下さんの部屋もやられてたんですよね？」

「あれは、痛かった」藪下はまた麻雀牌を起こすジェスチャーをする。「軍資金だったから」

「三万ほどですか」

「それぐらい、あったかもな」

「盗聴器用の受信機は、痛くなかったんですか？」深刻に聞こえないよう、笑ってみせる。「犯人たちはトランシーバーだと思ってたようですけど」

「別に」藪下は生気のない目を虚空に向ける。「あんなもの、どのみちもう用なしだった」

やはりそうだ。盗聴用の受信機が盗まれたなどと警察に言えるはずがない。だから藪下は、部屋に侵入されたこと自体を否定したのだ。

「彼女、結婚が決まったんだ」藪下が唐突に言った。

「彼女？」思わず反復してしまった。慌てて適当な言葉を継ぐ。「そう、だったんですね」

「だから、もう用なしだ。盗聴器も、僕も」

里崎の言うとおり、藪下は本当に失恋していたのだ。しかも、盗聴の相手はその「彼女」だったということになる。だとしたら、医学部長と「彼女」の関係は何だ？

「結婚相手の男性は――？」とりあえず話を広げてみる。

「医学部附属病院の、薬剤師」

「なるほど」とすれば、やはり「彼女」も医学部関係者か。

全体像がうっすら見えてきたところで、一気に核心に迫ることにした。

「あの電話の声、よく録《と》れてましたね。医学部長の部屋に仕掛けたんですか？」

「まさか。じじいの会話に興味はない。秘書にはちゃんと秘書室がある」

「秘書室――そうですよね。さすが医学部はリッチだ」

やっとわかった。「彼女」というのは、財津医学部長の秘書なのだ。藪下はその秘書に好意を抱き、失恋した。さらにはストーカーと化して、秘書室に盗聴器まで仕掛けてしまった。中華料理屋で泣いていたのは、秘書の結婚を知ったからかもしれない。

「どうやって秘書室に侵入したんです？」

「彼女は秘書室を日に何度も出入りする。ちょっと学部長室まで行くときに、いちいち鍵をかけたりしない。隙をみてコンセントに差し込んだだけ」

「なるほど、コンセント型の盗聴器か」それなら電池切れの心配もない。「でも、どうして医学部長がわざわざ秘書室で電話を――？」

「医学部長様ともなると、部屋にしょっちゅう誰かが訪ねてくる。他人に聞かれたくない電話をゆっくりしたいとき、あのじじいは秘書室を使う」

コーヒーを飲み干した藪下が、三メートルほど離れたゴミ箱めがけて空き缶を投げた。空き缶はゴミ箱のふちに当たり、地面に転がる。

「そんなことばかり訊いてどうする。もう終わったことだ」

「知りたいんですよ、袋井が何を企んでいるのか。わけもわからないままあいつに利用されて、腹が立ちませんか？　それとも、あなたはすべて知ってるんですか？」

「興味ないね」藪下は両手を上着のポケットに差し込み、背中を丸める。「知ったら、何か取り戻せるのか」

「わかりませんよ、そんなの」吉川は立ち上がり、空き缶を拾った。叩きつけるようにしてゴミ箱に入れる。「それに、僕は何も失っちゃいない」

藪下が見上げてくる。かすかに笑った気がした。

「確かに、そんな顔してる」

吉川がベンチに腰を下ろすのを待って、藪下が語り始める。

「彼女とは、半年ほど前に、駅前のカルチャーセンターで出会った。『女性のための麻雀教室』というのがあってね。受講者の相手をする人間が要るというので、手伝いに行った。彼女、麻雀は子供のころからずっとやっていたと言うくせに、いざ打ってみるとピンフも知らない。よくよく聞いてみたら、牌にアニメのキャラクターが描いてある、子供向けの絵合わせゲームのことだった」

急に饒舌《じょうぜつ》になった藪下を見て、彼女のそういうところが好きだったんだろうな、と思った。

「僕もよくやりましたよ、そのゲーム」

「お互い同じ大学に勤めていることがわかって、連絡先を交換した。彼女、麻雀は覚える役が多すぎると言って、教室には来なくなった。でも、二回食事に行ったんだ」

藪下はそこで黙り込んだ。つまり、交際にはいたらなかったということだ。その後ストーカー行為に至る経緯はとばして、再び口を開く。

「あれは、九月の終わりのことだ。僕は行きつけの雀荘にいた。そこは医学部の校舎のすぐ裏で、盗聴器の電波がよく入る。受信機のイヤホンを片方の耳に突っ込んで麻雀を打つのが、日課になっていた。その日、いきなり袋井さんが僕の卓に現れた。半荘《ハンチャン》だけ打ったんだが、妙に強かったよ、あの人」

「藪下さんに会いにきたわけですよね？」

「うん。そのときには彼はもう盗聴のことを知っていた」

「どうやって知ったんです？」

「教えてくれなかった」

「で、脅されたわけですか。ばらされたくなければ、言うとおりにしろとか」

「そんな言い方はしない」藪下の鼻からふっと息が漏れる。「当たり前の頼みごとをするみたいに、三つのことを指示された。一つは、医学部長の会話が聞こえたら、録音しておく。もう一つは、医学部長と首藤教授の会食の日時がわかれば、そこへ出向いて証拠写真を撮る。料亭の予約をとるのも、首藤さんに連絡するのも、彼女の役目だったから」

「脅し文句なしだなんて、かえって不気味だな。で、三つ目の指示は？」

「彼女には絶対に近づくな」

「ははあ」袋井なりの道徳的な配慮というわけか。「それって、ある意味脅しですよね」

「いや」と小さくかぶりを振った。「むしろ、袋井さんには感謝している」

「感謝？　冗談でしょ」

「あの人がそんなことを言ってきたせいで、僕はひたすら盗聴だけを続けた。途中からは、対等な共犯関係のような気さえしていた。盗聴を続けたせいで、彼女が幸せな結婚をすることを知れた。僕は完全に用なしなんだということを、知れた」

「そんなの――」袋井の意図とは何の関係もない、と言おうとして、止めた。藪下の言葉の最後のほうが、少し震えていた気がしたからだ。

同情する気はなかったが、彼はもう一切のストーカー行為を止めるだろう。あの泣き顔を見るのはもう嫌だったので、手もとの缶コーヒーのラベルをしばらく見つめていた。

*

夜九時になるのを待って、袋井のオフィスを訪ねた。

袋井は床に段ボールをいくつも並べ、本を詰め込んでいた。

「まるで引っ越しでもするみたいじゃないですか」

吉川は室内を見回した。両側の壁に据え付けられた書棚は、すでに四分の一ほどが空になっている。

「二、三ヶ月は向こうだ。本一冊で過ごすわけにはいかないだろう」袋井は作業の手を止めない。せまい額に汗が光っている。

「スペインに送るわけですか。出発はいつでしたっけ？」

「明後日《あさって》だ」

「わかったなら邪魔をしないでくれ」袋井は顔も上げずに言う。

「ちゃんと助けてやっただろう」

「助けてやった、ねえ」吉川は書棚に寄りかかり、両手をパンツのポケットに突っ込んだ。「昨日、藪下さんからいろいろ聞かせてもらいましたよ」

「ほう」フクロウが興味なさげにひと鳴きした。

「でも、いくつかわからないことがありましてね。まず一つ。藪下さんが秘書室を盗聴してるなんてこと、どうやって知ったんです？」

袋井は何も答えず、分厚い洋書を丁寧《ていねい》に箱に収めていく。

「ま、簡単に手のうちを明かすはずないか。じゃあ別の質問です。あんたが密約の証拠を集めていた本当の理由は、いったい何ですか？」

袋井はまくった袖口でこめかみの汗を拭う。猛禽が羽づくろいをしているように見えた。口を開く様子はない。

「確かに、一之瀬教授の新学部の一件では、僕とあんたは同じ穴の貉《むじな》だ。首藤がそのことをつかんだと知って僕が慌てたように、実はあんたも心中穏やかではなかった。だから首藤をもう一度つぶそうとした——。最初はそんなことも考えた。でも、やっぱり違う。あんたはそんな肝《きも》の小さい男じゃない」

「そこまで自分を卑下することはない」袋井がやっと顔を上げ、太い眉をひそめた。

「茶化さないでくれ」怒鳴りたくなるのをぐっと堪える。「それに、よく考えてみれば、首藤と医学部が裏でつながっていることをあんたは前から知っていたはずだ。今さら首藤が一之瀬教授の件を持ち出したからといって、慌てるわけがない」

袋井はまた手を動かし始めたが、構わず続ける。

「とにかく、あんたには何かもっと大きな目的がある。僕が助けを求めなくても、あんたはこのタイミングで首藤の息の根を止めるつもりだった。またまんまと一杯食わされましたよ」

「ほう」袋井はまた書棚から本を抜き、たまったほこりを吹いた。

「もう一つわからないのが、三谷さんだ。経済の教授を担ぎたがっていたはずなのに、突然みこしを佐古さんに替えた。どうせ、それにも一枚嚙んでるんでしょ？　三谷さんに何を吹き込んだんです？」

袋井はいっぱいになった段ボール箱を閉じ、太い首をこちらに回した。

「吹き込んでなどいない。佐古教授のコメントを彼に伝えただけだ」

「佐古さんのコメント？」

「そうだ。三谷が有志を集めて運動を始めたとき、それを知った佐古教授は、私の前でこう言った。『本当は、三谷君のような人物が学長になるべきだ』――と」

「私がこの言葉をそのまま伝えると、三谷はいたく感じ入っていたよ」

「――嘘だ」

「ありえない、そんなこと」

「それにしても」袋井が鷲鼻を持ち上げた。「あの三谷という男は、声がやたら大きい。声が大きい人間は、権力志向が強く、かつ単純だ」

「やっぱりそうじゃないか！」吉川は袋井に人差し指を突きつける。「あんたはそれをよくわかっていて、三谷さんを煽ったんだ。三谷さんは、佐古教授なら思いどおりに動かせると直感した。佐古さんを候補者に仕立て上げ、自分はそのブレーンにおさまる。組合あがりの経済の教授を担ぐより、そっちのほうが得だと考えたんだ。だから――」

突然、悪寒《おかん》が走った。別の想像が一瞬で頭を支配する。

もしかして、佐古を学長にして裏から操ろうとしているのは、袋井その人なのではないか？　現状では佐古が学長に選ばれる可能性はゼロに等しい。だが、袋井は底が知れない。一発逆転の強烈なカードをまだ隠し持っているとしたら――。

袋井がむくっと立ち上がった。猛禽は翼を広げ、こちらに迫ってくる。たまらず首をすくめた吉川のわきを通り抜け、ドアを開けた。

「さあ、もう出て行ってくれ。私は忙しい」

有無を言わせぬ風圧を受けて、吉川は廊下に押し出された。

扉を閉める前に、袋井が言った。

「取引は成立している。試験監督の件を忘れるな」

V

梟の滑空

　宗像学部長が人文学部試験場の解散を告げたのは、夜七時半だった。疲れきった顔の教員たちが腕章をはずし、試験場本部として使われた会議室をわらわらと出ていく。

　吉川は廊下に出るなりネクタイを緩め、首の後ろをもんだ。この二日間、慣れないスーツを着ていたせいで、肩もこっている。

「お疲れさまです」嶋が追いついてきて、うんざりしたように言う。「話には聞いてましたけど、ここまでたいへんとは」

「ああ、嶋さんは初めてか。大学教員としての洗礼を受けたわけだ」

　大学入試センター試験の試験監督は、吉川が経験した大学の雑務の中でもっとも過酷だ。すべての教員に数年に一度、当番が回ってくる。

業務は早朝から夜まで続く長丁場で、分刻みのスケジュールに追われる。移動は基本的に小走りだ。何から何まで分厚いマニュアルのとおりに進めなければならず、小さなミスも許されない。一番たいへんなのはもちろん受験生だが、試験監督もまた違った緊張を強いられる。

「何がつらいって、試験の間、ただじっと立ってなきゃならないことですよ」嶋が腕時計を叩く。「時間が経つのが遅い遅い」

「見回りのときもさ、受験生の気が散らないように気を遣うじゃない。革靴で足音をたてずに歩こうとすると、やけに足が疲れるんだよな」

「吉川さん、袋井さんの代わりだって聞きましたけど、よくこんなの引き受けましたね。人が好《よ》すぎますよ」

「そうだよね、まったく」ため息まじりに言った。「後悔してるよ」

袋井は予定どおりスペインへと旅立った。どこか暖かな土地でクリスマス休暇を過ごし、今ごろは壮麗な大聖堂や修道院を見てまわっているのだろう。優雅にシェリー酒をかたむける袋井の姿を想像すると、無性に腹が立ってきた。

「ちょっと一杯やって帰らない?」憂さ晴らしがしたい気分だった。

「すみません。僕、車なんで」嶋はあっさり言う。「コーヒーならいいですよ。『クローバー』、まだ開いてますよね」

夜の「クローバー」には、昼どきには見かけない客がいた。会社員風の女性二人組と、ニッカボッカをはいた若い男だ。カウンターが空いていたので、そこに並んで座った。

「もうすぐですね。意向投票」嶋が言った。

「あんまり盛り上がってないけどね」コーヒーをすすって応じる。「嵐の前の静けさ、かもしれないけど」

「そう、医学部と理工学部、下馬評《げばひょう》ではかなり競《せ》ってるみたいですね。熱い闘いになるかも」

「いや、そういう意味じゃなくて」

吉川が苦笑いを浮かべると、嶋は怪訝《けげん》な顔をした。

意向投票は三日後に迫っている。当日出張などで学外にいる教職員のために、不在者投票が先週すでに実施されていた。

「読みました？　佐古さんの所信」嶋が眉をひそめて訊いてくる。

「うん。ひどかったね」

「ぼんやりした佐古さんの文章に、明らかに三谷さんが書いたとわかる過激なフレーズが挿入されていて、もう支離滅裂」

先月下旬、学長選考会議が学長候補適任者を公示した。見込まれていたとおり、候補者は三名。医学部の財津教授、理工学部の宇田川教授、そして人文学部の佐古教授だ。

公式の選挙運動として候補者ができることは、二つしかない。一つは所信を文書として配付すること。もう一つは、意向投票管理委員会が主催する公開説明会「学長候補者の所信を聞く会」への出席だ。

「吉川さんは『所信を聞く会』にも出たんですよね？　佐古さん、どうでした？」

「うん。さらにひどかったね」

「やっぱり」嶋が渋面を作る。

「所信の文書と同じだよ。佐古さんの演説はまるで要領を得なくて、何が言いたいのかよくわからなかった。聴衆からの質問にもろくに答えられないから、しびれを切らした三谷さんが客席から代わりに答えようとする始末。もちろん司会者に怒られてたけどね」

「もはや人文の恥さらしだな」嶋は小さく舌打ちした。

「それに引き換え、医学部長の財津教授はさすがに堂々としたもんだよ。大企業の社長みたいに押し出しがよくて、政治家みたいに演説がうまい」

「理工の宇田川教授は？」

「そっちも立派。余計なことは言わないって感じだけど、誠実で理路整然とした話し方に好感が持てる。工学じゃなくて理学の出だから、実学以外の学問分野にも理解がありそうだし」

「じゃあ、人文にとってはありがたい人かもですね」

大っぴらに口にしなくても、人文学部の教員たちは大半が理工学部の勝利を願っている。理由はもちろん、医学部が人文学部を露骨にお荷物扱いしているからだ。佐古を応援したい気持ちがないわけではないだろうが、どうみても勝ち目がない。

教職員の人数構成比はごく大雑把に言って、医学部が三割、理工学部が三割、文系四学部がそれぞれ一割ずつとなっている。医学部の人数が多いのは、附属病院を持っているからだ。理工学部は理系分野をすべて包含しているので、単純に規模が大きい。

もちろん、学部内で投票先を暗に強制されるようなことはない。それでも、医学部や理工学部はほぼ一枚岩だと考えていい。てんでばらばらなのは文系学部の教員たちだ。

スキャンダル発覚前の首藤なら、あるいはいい勝負をしたかもしれない。だが、佐古では文系学部の票をとてもまとめられないことが、今や明白だった。

奥の厨房《ちゅうぼう》で明日のランチの仕込みをしていたママが、腰をさすりながらカウンターに戻ってきた。

「腰、どうかしたんですか？」吉川が訊ねる。

「昨日、打ちっぱなしに行ったんだけど、ちょっと頑張りすぎちゃって」ゴルフのスイングをしてみせようとして、「いてて」とまた腰を押さえる。

ママはゴルフが趣味で、店を閉めたあと、よく練習場に寄って帰るそうだ。店の常連客とコースを回ることもあるらしい。

ママは厨房で吉川たちの話を聞いていたようで、当たり前のように会話に入ってきた。

「佐古センセも、センセなりに闘ってるんじゃない？」

「そんな風には見えませんよ」嶋が言った。「候補者になってからも、相変わらずカラスだし」

「佐古さんて、陰でカラスって呼ばれてるんです」吉川が横から説明する。「日が暮れたらすぐ帰るから。誰よりも早く」

「ふふ、カラスね」ママは可笑《おか》しそうに口に手をあてた。「あの人、昔はもっとカラスだったのよ」

「え？」もっとカラスだった、というのもよくわからないが、ママが佐古のことを「あの人」と呼んだことのほうが意外だった。「ママ、佐古さんと親しいんですか？」

「昔はこの店の常連さんだったの。もう、ほんとの大昔」

「へえ、それは知りませんでした」

佐古が彼なりに水面下で選挙運動をしたかどうかはともかく、三谷ら「有志の会」は盛んに佐古の売り込みを続けてきた。だが、それがむしろ逆効果になった節さえある。

袋井がスペインに発つ前に何か仕掛けていった可能性もあると思っていたが、今のところそれが起動する気配はない。

嶋がコーヒーを飲み干し、深く息をついた。

「結局、われらが泡沫《ほうまつ》候補は、泡沫のまま終わりそうですね。教授会でのあの大騒ぎはいったい何だったんだって感じですよ」

＊

投票結果が判明する日だからといって、キャンパスの雰囲気がいつもと違うわけではない。学生たちにとっては、学長選などまるで関心のないことがらだ。

昼休みに入ってメインストリートにあふれ出てきた学生たちの間をぬって、正門へ向かう。

「うちのボス、附属病院に入院したらしいすよ」里崎が言った。

「マジ？　心労でか」

「他にないでしょ。病名は聞いてませんけど。てか、誰も訊きませんけど」

「後期の残りの授業、どうするんだよ？　それに、卒論も修論も」

「どうするって、どうにかするしかないじゃないすか、吉川先生が」

「はあ？　冗談じゃないよ！」

「一応まだうちの講座の教員でしょ！　俺のところにも四年生が次から次へと卒論の原

稿を持ってきて、たいへんなんですから！」

文句を言い合っているうちに、「クローバー」に着いた。

店内がひどく騒がしい。みんな考えることは同じらしく、ほぼ満席だった。ここへ来ればいち早くいろんな情報が手に入ると思っているのだ。

定位置のボックス席には先客がいたので、ドア近くのテーブル席に座った。ママは厨房にこもりきりで、顔も見せない。

投票は、昨日実施された。本部棟の一室に設けられた投票所に、各自都合のつく時間に出向くのだ。毎回、投票率は九割近くになるらしい。吉川も朝一番に投票を済ませた。

夕方五時に締め切られたあと、その夜のうちに意向投票管理委員会の手で開票作業がおこなわれた。今日の午前中に学長選考会議が結果を確認し、午後一時に公表することになっている。

「で、誰に入れたんですか？」里崎ががさつに訊いてくる。

吉川はまわりを見回した。常連の教員たちはみな声高に意見を闘わせている。

「理工の宇田川教授だよ」声をひそめて答えた。「医学部に牛耳られるよりましだ」

「ま、現実的な選択だと思いますよ」里崎はどこまでも偉そうだ。

いつもより待たされた日替わりランチをつついていると、カウンターで「おっ！」と声が上がった。いつも明るい経済学部の准教授だ。

「来た来た！　来ましたよ！」と携帯端末を操作する。「学部長からメールです！」

店内が「おお！」とどよめいた。時計を見ると、まだ十二時五十分。学部長代行から昇格したばかりの経済学部長が、フライングしたらしい。

「理工学部、宇田川候補——」

准教授が大きな声で読み上げる。

「三百十九票！」

「おおーっ！」奥のボックス席で歓声と拍手が弾けた。理工学部の教員たちらしい。

「三百超えてきた！」

「圧勝、圧勝！」

彼らの言うとおり、確実に過半数を超える票数だ。吉川は里崎と目を合わせ、肩をすくめた。ほっとはしたが、それ以上の感情はわいてこない。

「続いて医学部、財津候補——」

店内がいったん静まる。

「二百十三票！」

今度は低くうなるような「おー」の合唱が響く。もともとこの店の客に医学部の教職員はほとんどいない。

「思ったよりのびなかったなあ」

「やっぱり効いたんですねえ、密約の一件が」

みな口々に論評を始める中、准教授がいかにも蛇足《だそく》という口ぶりで言った。

「ちなみに、人文の佐古さんは二十八票。投票率は九十二パーセントだったそうです」

その言葉に注意を払う者はいない。ひとり里崎だけが吹き出した。

「二十八票って。学級委員の選挙かよ」

「嵐は起きず、か――」気の抜けたような声しか出ない。「文系学部の票は、大半が理工に行ったたってことだな」

「ほらね。フクロウの陰謀なんて、初めからなかったんですよ」

漬物を噛みながら、里崎が勝ち誇って言った。

ぶらぶら大学へと戻りながら、もの淋しさすら感じていた。肩すかしを食ったような気持ちが、心から消えない。

これは、袋井の目論見が外れたということか。あるいは、まだ何らかの計画の途中にいるだけなのか。それとも里崎が言うように、すべて自分の妄想だったのだろうか――。

いや、とにかくこんなはずではない――本能はそう告げている。

購買部で文房具を買うという里崎と途中で別れ、校舎まで帰ってきた。階段を三階まで上がると、上の踊り場からあのベテラン女性事務員の上ずった声が響いてくる。思わず足を止めたのは、会話の中に「袋井先生」という言葉が聞こえたからだ。

事務員がばたばたと駆け下りてきた。鍵束を握っている。長い棒を持った作業着姿の男と一緒だった。さっき吉川のオフィスにもやってきた、火災報知器の定期点検に校舎を回っている業者の人間だ。

すれ違いざまに声をかける。

「もしかして、袋井先生、帰ってきてるんですか？」

「逆ですよ、逆！」

事務員はわずらわしそうに言い捨てて、下の階へ下りて行く。

吉川は階段を駆け上がった。袋井の部屋に直行する。ドアが全開になっているのが見えた。点検のために、教員が不在の部屋を事務員が開けて回っていたのだろう。

扉にしがみつくようにして、中に飛び込む。

啞然とした。

部屋は、文字どおり空っぽだった。冷えきった空気だけが、吉川の体を包む。そこには住人など初めからいなかったかのように、ちり一つ残っていなかった。

*

週明け月曜日の午後二時、意向投票後初めての学科会議が始まろうとしている。

会議室がそこはかとない安堵感に包まれているのは、たぶん二つの理由による。理工学部の宇田川教授が一位をとったことが一つ。そして、この場に最下位の佐古がいないことが一つだ。

まさに今、本部棟では学長選考会議が開催されている。委員による議決の前に、三人の候補者のプレゼンがおこなわれるので、佐古もそれに出席しているのだ。

学科長はそれを見越してこの時間に学科会議を設定したのではないかと、誰かが冗談まじりに言っていた。さすがに気まずいのか、三谷の姿もない。

意向投票での宇田川の得票率は、五十七パーセントにのぼった。一方の財津医学部長は三十八パーセント。両者の票差は十分開いており、宇田川の得票は過半数を大きく超えている。

したがって学長選考会議は、宇田川の資質に問題がないかを確認するだけで、彼を順当に選出するはずだ——誰もがそう信じ込んでいる。現に、この部屋に三々五々集まってきた面々を見ていても、選考会議の行方《ゆくえ》を気にかける声は聞かれなかった。

学科会議の冒頭で、一人の女性教授が袋井のオフィスが空になっている件を話題にした。事務室で聞きつけたらしい。学科長によれば、その事実は上司の佐古も今まで把握しておらず、理由も見当がつかないという。佐古を通じて袋井に事情を確認しようとしているが、連絡がつかないそうだ。

「そんなの、まるで夜逃げじゃない」女性教授が口をとがらせた。

「いやいや、逃げる理由なんて何もないわけですから」学科長は眉尻を下げる。「佐古先生も、おそくとも三月には帰国すると聞いていると――」

「わからんよ。あの男には得体の知れないところがある」別の教授がしたり顔で言った。

「なにせ相手はフクロウだ。立つ鳥跡を濁さず、というからな」

どっと笑いが起きたが、吉川は得意の愛想笑いを見せる気にもなれなかった。

いくつか議題をこなしているうちに、二時間が経った。

議題が卒業論文発表会の日程に移ったとき、廊下を走る重い足音がこちらに近づいてきた。

「あれは、もしかして――」学科長が席を立つ。

駆け込んできたのは、案の定、宗像学部長だった。学内委員の一人として学長選考会議に出ていたはずだ。本部棟から走ってきたのか、丸顔を紅潮させ、大汗をかいている。

「こちらで、学科会議中と、お聞きしたので――」息も絶え絶えに言う。

「何か不測の事態でもあったんでしょうか?」学科長が怯えた目をして訊いた。

「決まりました、次期学長は、宇田川教授ではなく――」

「え!?」

まさか、佐古か――?　吉川は息をのんだ。

「財津教授に――」

「ええ⁉」学科長が後ろにのけぞった。

「医学部長の財津教授に、決まりました――」

「そんなばかな！」すぐ近くで誰かが叫んだ。

「私はもちろん反対したんです！」宗像が悲痛な声で訴える。「しかし、一部の学外委員に押し切られまして……」

「意向投票の結果はどうなるんだ！」

「無茶苦茶だ！」

「経緯を説明してくださいよ！　経緯を！」

あちこちで怒声が上がる。吉川はひとり脱力した。

「みなさん、落ち着いて」学科長が声を上ずらせてなだめる。「で、それぞれの票数は？」

宗像は流れる汗をぬぐいもせず、小刻みにうなずいた。

「財津教授が十四票、宇田川教授が六票――」小声で最後に付け足す。「佐古教授がゼロ」

「十四票⁉　七割じゃないですか！」

「なんでそんなことになる！」

「茶番だ！　茶番！」

抗議の声に混じって、落胆のつぶやきも聞こえてくる。吉川もため息をついたが、理由の半分は、佐古のあまりの存在感のなさだ。

宗像はたるんだ頬をふるわせた。

「無記名投票なので断定はできませんが……学外委員のほとんどが、財津医学部長に投票したと思われます」

＊

またもや緊急招集となった人文学部教授会は、夕方五時に始まり、一時間ほどで終わった。

会議室は熱気に包まれていたので、廊下の冷たい空気が頬に心地よい。

「今日は理工はもちろん、法も経済も教授会らしい」隣を歩く嶋に言った。

「でしょうね」嶋は淡々と応じる。「声明を出すなら、一斉に出したほうがインパクトがある」

今日の教授会も、議題はただ一つ。昨日の学長選考会議を受けて、学部の構成員に「人文学部教授会声明」の承認を求めるためのものだった。

声明文は、〈意向投票において大差で次点となった候補者を次期学長に選定したこの度の選考結果は、教職員の意思を無視した暴挙であり、大学の自治を著しく侵害するものである〉という一文で始まり、〈ここに人文学部教授会は、今回の学長選考結果に対し、遺憾の意を表明する〉と締めくくられていた。

さすがに今回は異論も出ず、賛同の拍手がわき起こった。天《あま》の邪鬼《じゃく》な教授たちがここまで一致団結する場面を目《ま》の当たりにしたのは、吉川にとって初めてのことだ。

理工、法、経済の三学部も、今日中にほぼ同じ内容の声明文を公表すると見られている。仕掛人はもちろん理工学部だ。理工学部から働きかけを受けた文系学部の宇田川支持者たちが、教授会名で抗議声明を出すことを学部執行部に求めたのだ。

当然ながら、どの学部の執行部も「〇〇候補支持」などと公式に表明しているわけではない。だが、構成員の大半が宇田川に投票したことが明らかな以上、この要求を無視することはできない。

しかも、声明文では宇田川を学長にせよと言っているわけではなく、意向投票の結果を無視するなと言っているわけだから、大義もある。

「組合はさすがに一番乗りだったね。今朝にはもうレターボックスに入ってた」教職員組合中央執行部が発行した、派手な声明文のビラだ。

「〈うちのより過激でしたよ。〈前代未聞の一大スキャンダルである〉とか〈財津教授の学長就任辞退を強く求める〉とか」

「〈学長選考会議の見識を強く疑わざるを得ない〉とかね」

「どうせなら、〈学外委員の見識を〉と書けばよかったのに」嶋が冷めた笑みを浮かべる。「県知事とか財界人とか、組合の敵ばかりですよ」

十名の学外委員には、三人の政治家と、五人の財界人が含まれている。具体的には、県知事、県議会議長、市長、地方銀行の頭取、県内有力企業の社長たちといった顔ぶれだ。残りの二名は大学関係者で、県内にある看護大学の学長と、私立大学の理事長だ。この理事長が、選考会議の議長を務めている。

同じく十名いる学内委員の人数構成は、各学部の教職員数によって決まっている。医学部の委員は、財津学部長、評議員、附属病院長の三人。理工学部も、学部長、評議員、教育部長の三人だ。他の四学部からはそれぞれ一人ずつで、学部長が委員を務めている。

「財津教授に十四票なんて、やりすぎですよ」嶋が指を折っていく。「医学部の三票と教育学部の一票。学内からの票はこの四票なんだから、学外委員は全員、財津さんに入れたことになる」

「全員なんてこと、あり得るかな。さすがに批判されるだろ」吉川は人差し指を嚙んだ。

「法、経済、人文の中にも医学部に投票した委員がいるかもしれない」

「そっちのほうがあり得ないでしょ。委員は学部長たちですよ？」

「首藤が学部長なら、平気な顔でやってたさ。教授会声明にしたって、言い出しっぺは執行部じゃない。宗像さんがどこまで信用できる？」

「確かに、どこまでも信用できない」

「学部長が本当は誰についてるかなんて、わかったもんじゃない」

「他にもユダがいるかもしれないってことか」嶋がつぶやいた。

広報委員会で発注していた学部紹介ＤＶＤの見本が担当の嶋のもとへ送られてきたというので、彼のオフィスで観てみることになった。

薄暗い階段を下りながら、投げやりに言う。

「声明を出したところで、どうなるわけでもないと思うけどね」

「声明だけでは終わらせないようですよ」

「どういうこと？」

「うちの学科長が言うには、理工の教授会が今の学長に働きかけて、学長選考会議に説明会を開かせようとしているそうです」

「説明会って、各学部執行部向けの？」

「いえ、我々向けです。全学の教職員を大講堂かどこかに集めて、学長選考会議の委員たちが経緯を説明する」

「そりゃまた大ごとになるな」

「それを狙ってるんでしょ」

二階の廊下を歩いていると、嶋が何かに気づいて言った。

「もう六時なのに、カラスがいる」

確かに、佐古のオフィスから明かりが漏れている。ドアが少し開いたままになっているようだ。

「教授会にも出てなかったし、帰ったと思ったのにね」

部屋の前にさしかかると、佐古が誰かと話しているのが聞こえた。ささやくような声がかえって気になり、立ち止まる。

「なに？　電話がとおい？」突然声が大きくなる。「これでどう？　聞こえる？」

隙間からそっと中をうかがうと、受話器を耳に押し当てる佐古の横顔が見えた。

「え？　寝入りばなだった？　それは申し訳なかったけど……でもそっちは今、朝の十時でしょ？　だからこの時間まで待って電話したのに。え？　あなた、スペインでも昼夜逆転みたいな生活してるの？　いや、もちろん悪くはないけど」

スペイン――？　嶋と顔を見合わせた。電話の相手は、スペインにいる袋井なのだ。

「メール送ったけど、読んでくれた？　ね、それだけ教えてよ。あれ？　もしもし？　もしもーし」

佐古は短く息をつき、受話器を置く。気配を感じたのか、佐古が急にこちらを向いた。

「あら吉川さん。嶋さんも」佐古が目じりにしわを寄せる。立ち聞きをとがめる様子はまったくない。

「すみません、『スペイン』とおっしゃるのが聞こえたもので」遠慮がちにドアを開いた。「さっきの電話、もしかして袋井さんですか？」

「ふふ。そうなんだけど、切られちゃった」佐古は泣き笑いのような表情を浮かべる。

「寝てたんだって。訊かなきゃならないこと、いっぱいあったのに」

「ああ、部屋が空になってた件ですか」

「それもあるし、他にもいろいろとね」佐古は眉じりを下げた。「もう終わったんですか、教授会」

「ええ、ついさっき。声明文を承認するだけでしたから」

「たいへんなことになってきましたねえ。私が力不足だったばっかりに」

佐古が真顔で言ったので、何と答えていいかわからなくなった。あなたとは何の関係もありませんよ、とはさすがに言えない。隣の嶋は顔をそむけ、笑いを堪えている。

「あら、もうこんな時間」佐古が腕時計を見て言った。「では、私はお先に失礼しますよ」

＊

「いよいよ明日ね、説明会」サイフォンのコーヒーをへらでかき混ぜながら、ママが言った。

「ですね。でも、学長選考会議サイドにあれこれ条件つけられて、骨抜きにされたみたいですよ」

吉川は割り箸を袋に戻し、ごちそうさま、と手を合わせた。今日は一人でカウンターに座っているので、ママがすぐに食器を下げる。

「結局、マスコミもシャットアウトになったんでしょ？」

「そう、それが一番痛い。せっかくあちこちでニュースにしてくれてるのに」

学長選考会議と教授会との対立は、地元の新聞とテレビ局によってすぐに報じられた。四つの学部が抗議声明を出すという異常事態に、多くの県民が興味をそそられたようだ。

ママが吉川の前に湯気の立つコーヒーを置く。

「さっきもね、総務部の人がランチに来てたの。取材の申し込みも多いみたいだけど、それより市民からの抗議の電話がすごいんだって。仕事にならないって嘆いてたわよ」

「でしょうね。一般の人からしても、道理に合わない話だと思いますよ」

「何か癒着があるに違いないって、思っちゃうわよねえ」

騒動が学外にまで広がり始めたのを見て、学長選考会議も教授会の要請を無視するのは得策ではないと考えたのだろう。教職員に向けた説明会の開催を受け入れた。

開催にあたって、選考会議側はさまざまな制約を課してきた。マスコミの取材は一切認めない、完全に学内限定で実施する、質問者は事前に選考会議が指定する、などだ。

水面下で折衝がおこなわれた結果、質問者は、学長候補者三名、各学部の代表者一名ずつ、教職員組合の代表者一名、ということに落ち着いた。

コーヒーをひと口含み、苦い顔を作る。

「質問は一人あたり十分以内というルールも絶対に守れと言われてるそうです。予定時刻で説明会を強制終了する気満々ですよ」

「向こうとしては、説明会を開いたという事実さえ作れば、それでいいのよね」

ママはきれいに描いた眉を寄せて言うと、布巾《ふきん》でカップを拭き始めた。

最近はどこでもこの話題なので、吉川も相手に合わせて適当に怒ったり嘆いたりしている。だが実際のところは、もうどうでもよくなっていた。

もちろん、理工学部の宇田川が学長になるに越したことはない。しかし、いくら教授会が抗議を続けたところで、結論が覆《くつがえ》ることはないだろう。相手は規則に反することは何もしていないのだ。

このまま財津が学長に就任すれば、人文学部は窮地に陥るかもしれない。そのときはそのときだ。また泥舟から脱出する道を探そうと腹をくくっている。大事なのは自分が学問の世界で生き残ることであって、人文学部の存続ではない。

店を出ると、雪がちらついていた。コートのえりもとにあごまでうずめ、足早に大学へ戻った。

オフィスに入るとすぐ、ドアが叩かれた。顔をのぞかせたのは、佐古だ。首にマフラーを巻き、マスクをしている。ごほごほと咳《せき》をして、声を絞り出す。

「吉川さん、明日の説明会、出ます？」

「ええ、そのつもりですけど……お風邪ですか？」

「ふふ。そうなんですよ。出られるなら、一つお願いがありまして」佐古は咳き込みながら、ＵＳＢメモリを差し出した。

「これは――？」それを受け取って訊く。

「明日の私の質問事項を箇条書きにしたスライドが入ってます。私ね、困ったことに、風邪ひくとすぐ声が出なくなるんですよ。明日あたり、そうなりそうな気がしてましてねえ。もし声が出なかったら、吉川さんのほうでそれを映していただけませんか」

「それは構いませんけど……」むしろ、質問に立つつもりだったことに驚いていた。

「選考会議の方々もスライドを使って説明されるそうで、ノートパソコンやプロジェクターは準備されているんですって」

「わかりました。でも、声が出なくてどうやって――」

「ふふ、何とかなるでしょ」佐古は目じりを下げ、右手を振り回した。「レーザーポインターで一文ずつ指しながら、身ぶり手ぶりでこうやって、ね」

＊

その日も朝からどんより曇り、冷たい北風が吹いていた。

教職員が続々と大講堂に集まっていくのを、昼休みの学生たちが何ごとかと眺めている。

説明会は午後一時に始まる。その十五分ほど前に、嶋と連れ立って会場に入った。

後方の出入り口から見回すと、五百人が収容できるメインホールは八割方うまっている。すぐ仕事に戻らなければならない教職員だろうか、席につかず壁際に立っている者も多い。

床に傾斜がついているので、前方の席までよく見渡せる。向かって右側に、白い横断幕を掲げた一団がいた。教職員組合のメンバーだろう。

ステージの端から端まで、長机を横につないで並べてある。委員の名前が書かれた紙がそれぞれの席に垂れ下がっていた。

吉川はまっすぐ最前列に向かった。そこには宇田川教授をはじめ、質問者たちがずらりと着席している。それに遠慮したのか、他は空席だ。吉川は左端に嶋と並んで座った。

マスク姿の佐古がこちらを見て、ぺこりと頭を下げる。やはりまったく声が出なくなったそうだ。吉川にスライド係をやってほしいと今朝あらためて頼まれた。

プロジェクターにつながったノートパソコンは、ステージの隅に置かれた演台にある。まさかステージに上がる羽目になるとは思っていなかったので、気が重い。何より、佐古の子分と思われては心外だ。

「あれ、三谷さんだ」後ろを見ていた嶋が言った。その視線は横断幕のほうに向けられている。

見れば、三谷が大きな目をぎょろつかせ、白い布のふちを両手で握りしめていた。横断幕には〈不当選考断固拒否！　財津教授は即刻辞退せよ！〉と朱書きされている。

「よくやるね、あの人たちも」鼻息とともに吐き出した。

「でも、この場を盛り上げてくれるとしたら、彼らぐらいしかいませんよ」

「まあ、確かに」

「ステージに上がって取っ組み合いでもしてくれなきゃ、おざなりなデモンストレーションで終わるだけです」嶋はつまらなそうに言った。

午後一時ちょうど、ステージに学長選考会議の委員たちが姿を現した。絶え間なくざわめきを響かせていたホールが、静まり返る。おそらく四百人を超える聴衆が、冷たい目で彼らを迎えた。

向かって左側に学内委員が、右側に学外委員が着席する。二十人が横一列に座るので、かなり窮屈そうだ。

真ん中に設けられた議長席に、恰幅《かっぷく》のいい初老の男性が座った。県内にある私立大学の理事長だ。その右側に、県知事、市長、地方銀行頭取、電力会社社長――と、議長を含めて十人の学外委員が並ぶ。

司会役の総務部長が演台についた。マイクに手をかけて、開会を告げる。

「時間になりましたので、学長選考会議による選考過程説明会を始めさせていただきます。初めに、私のほうから、委員の皆様をご紹介させていただきたく存じます――」

委員の紹介が終わると、議長がマイクを握って立ち上がった。

「議長の塚原《つかはら》でございます。まず、この度の学長選考におきまして、教職員の皆様に多大なご心配をおかけしましたことを、心よりお詫び申し上げます」

「心配なんかしてねえぞ！」早速、横断幕のほうから野次が飛ぶ。「やり直せって言ってんだ！」

議長はそちらに目もくれず、正面を見すえて続ける。

「私ども二十名の委員は、本学の学長選考規則にしたがい、厳正なる審査と選考をおこなって参りました。しかしながら、複数の学部の教授会より、選考過程について私どもの説明が不足しているとのお叱りを受け、本日このような場を設けさせていただいた次第でございます」

隣の嶋がふっと息を漏らす。

「ものは言いようですね」

「さすがに、なかなかの狸《たぬき》だな」吉川もうなずいた。

挨拶を終えた議長が言う。

「それでは、具体的な選考過程につきまして、副議長からご説明申し上げます」

副議長は、学内委員の附属病院長だ。白髪頭で妙に顔が長い。副議長が前口上を述べている間に、総務部長が正面の巨大なスクリーンにスライドを映す。何ということはない。選考スケジュールが書き並べられているだけだ。

副議長は淡々とそれをなぞると、今度は意向投票の結果をこと細かに述べ始めた。

さすがに場内にも不満のささやきが広がる。「そんなの知ってるよ！　さっさと進めろ！」と誰かがわめいた。

解剖学の講義のような無機質な解説が十五分ほど続いたあと、ようやく選考当日の話になった。

「まず、三名の候補者に三十分ずつプレゼンテーションをしていただきました。その内容を私から要約してお伝えすることは、差し控えさせていただきます。不足や不正確な部分があっては困りますので。皆様に配られた所信の内容をさらに詳しく述べていただいたものとお考えください。その後、委員による審議に入りました。当然ながら、財津委員はご自身が候補者ですので、同席しておりません」

聴衆の私語が徐々に止み、場内の緊張が高まっていくのがわかる。

「それぞれの候補者のプレゼンの内容について、委員が順に意見を述べました。会議としてそれを〈総評〉という形にまとめております」

スライドが〈総評〉と書かれたものに変わる。それを副議長がレーザーポインターで指した。

「要点だけ読み上げます。宇田川候補につきましては、〈明確なビジョンを持っている。それを実現するためのプランも複数提示しており、堅実な大学改革が期待できる〉。財津候補につきましては、〈先進性のあるビジョンを持っている。それを実現するためのプランも提示しており、迅速な大学改革が期待できる〉。佐古候補につきましては、〈ビジョンがやや散漫である。それを実現するためのプランも一部具体性に欠ける〉ということでございます」

吉川はスクリーンに目を向けたまま、つぶやいた。

「いい加減なもんだな」

「いかにも文科省的なフォーマットですね」嶋が小さくうなずく。

副議長は正面に向き直った。平坦な口調で続ける。

「宇田川候補と財津候補につきましては、両名とも非常に優れており、大きな差がない、ということで意見の一致を見ました。佐古候補につきましては、他の二名に比べてやや劣る、という結論でございます。最終的には、各委員が意向投票の結果とプレゼンの評価を各自で総合的に判断して、票を投じるということになりました」

スライドが変わった。手もとのメモに目を落とし、続ける。

「投票の結果でございます。財津候補、十四票。宇田川候補、六票。佐古候補、無票」

既知の事実ではあるが、会場はざわついた。

「だから、なんでそうなるんだよ！」

「矛盾してるじゃないか！」

抗議の声に応じるように、再び議長がマイクを手に立ち上がる。

「意向投票二位の候補を選出することについては、一部の委員からも異議がございました」

誰かが絶妙のタイミングで「当たり前だろうが！」とあいの手を入れた。

「しかしながら、本選考会議としましては、学長選考規則第八条にのっとり、委員の多数決による決定を最大限尊重すべきということで、次期学長に財津一彦《かずひこ》教授を選出いたしました。以上が選考の過程でございます」

議長がそそくさとマイクを置くと、場内が一気に騒がしさを増した。それに負けじと、司会の総務部長がボリュームを上げて告げる。

「それでは、質疑に移らせていただきます。まず候補者の方々からお願いしたく存じますが、ご自身が選考会議委員でもある財津教授は、質問を辞退されるとのことです。ということで、初めに宇田川教授、よろしくお願いいたします」

最前列の中央付近に座っていた宇田川教授が、静かに起立した。背が高いので、見栄えがする。思いがけないことに、会場の一部で拍手が起こった。理工学部の教員たちだろう。宇田川は事務職員からマイクを受け取り、その場で質問を始める。

「時間が限られていますので、端的にうかがいます。私と財津先生の間には、意向投票で百票の差がありました。それでも財津先生が選ばれたということは、私と財津先生のプレゼンの内容に、この百票の差をひっくり返すほどの差があったということになります。それは具体的にいかなる点においてだったのか、ぜひお訊ねしたい」

議長がマイクを取る。

「先ほどもご説明申し上げましたように、お二方のプレゼンの評価には大きな差がない、というのがすべての委員が同意するところであります」

「だったらなぜ最終投票でこんな大差がつくのでしょう？」

「ですからそれは、各委員が意向投票とプレゼンにそれぞれどれほどの重みを置いているかによるわけです」議長は両手を天秤《てんびん》のように広げた。「そこは委員によって異なりますので――」

―でしたらその重みの比率を、委員一人一人にお聞かせ願いたい。とくに、学外委員の皆さんに」

議長が口もとに手をやり、左右の委員と小声で何か打ち合わせる。

どこからか「ちゃんと数字で言えよ！　重みづけして計算し直してやるから！」と野次が飛んだ。会場に笑いと拍手が起きる。

「理系らしい攻めですね」嶋がほくそ笑んだ。

「宇田川優勢だな」その筋の通った弁論に吉川も感心していた。

やがて、議長が再びマイクをオンにした。

「申し訳ありませんが、それにはお答えできかねます。そういったことを個々の委員が明らかにしますと、誰がどの候補に投票したかわかってしまうことになりかねませんので」

この回答が聴衆に火をつけた。いたるところで不満と怒りの声が上がる。

「そんなこともうわかりきってるんだよ！」

「ちゃんと答えなさいよ！」

「何のための説明会だ！」

騒然とする中、宇田川と議長の間で押し問答に近い応酬がしばらく続いた。総務部長が宇田川に質問時間の終了を告げているようだが、怒号と野次にかき消されてよく聞こえない。

やがて、宇田川は首を振りながら席についた。

「静粛に願います！」総務部長がマイク越しに声を張り上げる。「次の質問に移らせていただきます！　佐古教授、お願いします」

佐古がひょいと右手を上げて立ち上がり、うやうやしくマイクを受け取った。

吉川も慌てて席を立ち、ステージわきの階段を駆け上がる。演台の総務部長にUSBメモリを見せると、「ああ、どうぞ」と場所を空けてくれた。話は通っているようだ。

ノートパソコンの側面にUSBメモリを差し込む。

会場は静まる気配がない。佐古はマスクもはずさず、いつまでもマイクのスイッチを確かめたり、頭の部分をぽんぽん叩いたりしている。いらだった聴衆が、野次り始めた。

「もういいよ、あんたは！」

「次いけ！　次！」

佐古はよたよたと中央の通路まで進み出た。客席を前から後ろまで縦断する通路だ。

やせた体を聴衆のほうに向け、両手を上げる。静かにしろという合図らしい。相変わらずマスクはつけたままで、声を発する様子はない。聴衆はみな佐古に注目し、何ごとかと口を閉じた。

すると佐古は、自分のマスクを指差し、続いて喉もとに手をやって、両手で大きくバツ印を作った。声が出ないというジェスチャーのようだ。

聴衆にしてみれば、何のことかわからない。誰もがぽかんとして、ホールは水を打ったように静まり返った。

次の瞬間――。

ホール後方の扉が、ばんと音をたてて開いた。

灰色の男の影が見えたかと思うと、ものすごい勢いでこちらに駆け下りてくる。

あれは、まさか――。

その異様な動きに、聴衆も目を奪われている。グレーのロングコートが左右にめくれ上がり、翼を広げたフクロウのように見えた。

そう、袋井だ――。

吉川は口を開けたまま固まった。

猛禽は、獲物を見つけたときのようにホールを滑空した。ステージ前まで急降下し、佐古の手からマイクを奪う。

袋井のバリトンボイスが、マイクを通して会場の空気を震わせる。

「佐古教授は声が出ない。私が代弁者となる」

佐古は目を細め、ステージの議長に向かって両手で大きなマル印を作った。客席が再びざわつき始める。袋井の顔など見たこともない者がほとんどなのだろう。

一ヶ月半ぶりの袋井の姿を見つめながら、吉川は妙な違和感を覚えていた。このフクロウは、自分がよく知るフクロウと、どこか違う――。

袋井が太く短い首を吉川のほうに回す。鋭い三白眼と目が合った。

「スライドを映せ」

慌ててファイルを開くと、想像していたものとまるで違う画像が現れた。

ゴルフ場で撮られた集合写真だ。ゴルフウェアを着た男たちが、クラブを手に笑っている。間違えたかと思ったが、すでにスクリーンに大写しになっていた。

写真を見上げた議長が、驚いたように「おい!」と椅子を蹴る。何人かの学外委員も、あからさまにうろたえていた。

「何だ、なんでこんなもの……」議長が喉をつまらせる。

聴衆も写真の男たちの正体に気づき始めた。スクリーンを指差し、あれは財津さんだよな、みんな学外委員じゃないか、などと口々に確かめ合っている。

吉川もノートパソコンの画面を凝視し、ステージに並んだ顔と見比べた。

集合写真に写っているのは、全部で十二人。前列中央に財津医学部長と議長がしゃがんでいる。その両隣に県知事と県議会議長、後ろの七人もすべて学外委員の面々で間違いない。あとの一人は、少し離れて遠慮がちに加わっている、ほおかぶりをしたキャディだ。

袋井が鋭く言う。

「一つ目の質問だ」

その三白眼を、顔を土気色《つちけいろ》にした議長からいっときも離さない。

「学外委員が全員そろったこの日のコンペは、賞品も相当豪華だったそうだな。優勝とブービー賞の賞品は何だった？」

「何のことだ。選考会議と関係ない質問は、やめたまえ」語気こそ荒いが、声が上ずっている。

「財津教授なら知っているだろう」今度は財津に目を向ける。「賞品を用意したのはおたくだ」

財津だけは動じない。感情の読めない視線をじっと袋井に送り、落ち着いた声で応じる。

「学外委員のみなさんには、本学のためにお骨折りいただいているんです。息抜きのゴルフにお誘いするのが悪いこととは思えませんが。それから、賞品はみなさんから集めた会費でまかなったものですよ」

「ほう」フクロウが力強く鳴いた。

そうか——。鳴き声でわかった。今日の袋井がまとっている違和感の正体——それは、奴がこの昼下がりの時間帯に完全に覚醒していることなのだ。しかし、なぜ——？

「おたく、学者だろう？」

袋井の声で、またそちらに引き戻された。

「学者ならもっと正確な表現をするべきだ。おたくは学外委員をゴルフに誘ったんじゃない。おたくのゴルフ仲間を学外委員にしたんだ。学外委員を任命するのは大学の役員会だが、役員たちもあんたのお仲間だからな。たやすいことだ」

客席がどよめいた。続きを聞きたいという聴衆の気持ちが、そのまま大騒ぎになるのを何とか抑制している。

「――違う」ステージ上でもかすかにしか聞こえないほどの声で、学外委員の一人がつぶやいた。精密機器メーカーの社長だ。

「ほう、おたくは違うというのか」さすがにフクロウの耳は聞き逃さない。

「財津先生とゴルフをしたのは、このときが初めてだ。この一回きりだ」

「なるほど。では、この写真がマスコミの手に渡っても、おたくだけは困らないわけだな」

学外委員たちが、ひきつった顔を互いに見合わせた。議長が色をなして喚く。

「脅迫するようなもの言いは、やめたまえ！」

袋井はふんと鷲鼻を持ち上げ、太い首を左に回した。

「二つ目の質問だ」

今度は学内委員に訊くらしい。十人の顔を見回していく。

「医学部の三人は財津教授に、理工学部の三人は宇田川教授に投票しただろう。それは当たり前だ」一之瀬のところで視線を止めた。「教育学部長。あなたは誰に投票しましたか？」

ストレートな質問に、副議長の附属病院長がたまらず「ちょっと！」と声を上げる。

「いい加減にしたまえ！　そんなことに答える義務はない！」

当の一之瀬は固い表情で客席を見渡し、次に財津のほうを見た。

「財津先生です」きっぱりと言った。

ホール全体が「おお――」とどよめき、教育学部の教員たちから拍手が起きる。

「法学部長、あなたは誰に？」袋井が間髪《かんはつ》をいれずに訊いた。

法学部長は唇をなめた。迷っているらしい。「はっきり言ってやれ！」と後押しの声が飛ぶ。客席からの熱い視線に耐え切れなくなったのか、ついに口を開く。

「――宇田川教授、です」

こうなれば、あとは簡単だった。経済学部長も人文学部の宗像も、催眠術にでもかかったように、宇田川に投票したことをあっさり認めた。

うまい――。吉川は舌を巻いていた。順番が絶妙なのだ。

教育学部は文系で唯一の医学部派だ。とくに、新学部設立に失敗した一之瀬は、財津にしがみつく以外に浮上する手立てがない。最後まで財津についていく決意をこの場でアピールしたかったぐらいだろう。

この一之瀬の行動がすべてだった。他の学部長たちが下手に投票先を隠せなくなったからだ。そんなことをすれば、理工学部や自学部の構成員たちから、あらぬ誤解を受けかねない。

それにしても——。一之瀬以外の三人は、やはり宇田川に投票していたのか。この場で嘘をつくとも思えなかった。

ということは——。

学外委員たちの動揺が激しさを増していた。顔色《がんしょく》を失い、隣同士でひそひそ言葉を交わしている。

「これではっきりした」袋井が張りのある声で言った。「学内委員の票は、財津教授に四票、宇田川教授に六票入ったわけだ。つまり、学外委員は、十人全員が、財津教授に投票したことになる」

「——いや……」精密機器メーカーの社長が、また声を漏らす。

袋井はそちらに一瞥を投げると、そのまま学外委員たちをねめ回す。

「火を見るよりも明らかとは、このことだ。財津教授とおたくら十人の間には、初めからそういう申し合わせがあった。世間ではそれを、癒着と言う」

客席から地響きのような喚声《かんせい》が押し寄せてくる。誰かのかん高い「そのとおり！」という言葉だけが聴き取れた。

知らぬ間に、全身の肌が粟立《あわだ》っていた。

やはり袋井は、まだカードを隠し持っていたのだ。学長選そのものを一挙にひっくり返してしまうような、最強の切り札を。この展開を見越して、佐古にいろんな準備をさせていたに違いない。

そして、この告発をするために、スペインから戻ってきた。おそらく、昨日か今日――。

「あ――」思わず声に出た。袋井が覚醒している理由が、やっとわかった。時差だ。袋井はスペインでも昼夜逆転の生活を送っていた。今はまだそのリズムで体が動いているのだ。現在の時刻はスペイン時間の明け方にあたる。つまり、袋井の脳にとっては夕方なのだ。

袋井がさっと左手を上げると、ホールがぴたりと静まった。まるでオーケストラの指揮者のようだ。スクリーンを見上げ、続ける。

「このコンペの写真にも、いいキャプションがつきそうだ。〈十名の学外委員は医学部長のゴルフ仲間。全員が財津教授に投票した〉――」

「ちょっ、ちょっと待ってくれ――」

ついに精密機器メーカーの社長が腰を上げた。

「そんなはずはない。私は――私は違う。誰かが、いい加減なことを言っているんだ！」

袋井がゆっくり首を回した。獲物をさだめた猛禽の目が、不気味な光を宿す。

「――ほう」フクロウが鳴いた。これまで聞いたことのない、深く響きわたる鳴き声だった。

「つまり――おたくは財津教授に投票していないと言うんだな？」

社長はただ唇をわななかせるだけで、何も答えない。袋井の言うとおりだと告白しているようなものだった。

だとしたら、いったいどういうことだ。票数が合わない。頭が混乱し始める。

考える間も与えられないまま、さらに二人の学外委員が椅子を蹴った。市長が学内委員たちのほうを指差して、声を震わせる。

「そうだ、何かおかしいぞ！　誰かが我々を陥れようとしているんじゃないか！」

「議長、止めてください！　一旦この会を閉じてください！」看護大学の学長が議長に詰め寄る。「このままじゃ続けられない！」

学内委員たちも色をなして席を立つ。ついにはすべての委員が議長を取り囲み、ステージ中央で言い合いが始まった。

客席もそれに呼応して、瞬く間に沸騰する。多くの聴衆がその場に立ち上がっていた。

「何やってんだ、ばかやろう！」

「説明しろーっ！」

「いいぞ、もっとやれ！」

教職員組合の一団が、横断幕を放り出してステージへ詰めかけてくる。自分たちも混ぜろと言わんばかりの勢いだ。

大講堂は大混乱に陥った。ステージでも客席でも、怒号が渦巻いている。総務部長の「静粛に！　お静かに願います！」というマイク越しの金切り声まで重なって、耳をふさぎたいほどだ。

吉川はただ呆然とその様子を眺めていたが、ふと我に返った。こうなった以上、もう役目は終わりだろう。いつまでもステージの隅に突っ立っていることはない。USBメモリをノートパソコンから抜こうとして、手を止めた。何か大事なものが目に入った気がしたのだ。

ディスプレイに顔を近づけて、ゴルフコンペの集合写真を凝視した。

＊　＊　＊

構内の桜は、満開だった。

春休みの昼下がり、大学は閑散《かんさん》としている。

一週間もすれば、新入生がやってくる。希望と緊張に満ちた顔がキャンパスにあふれるこの季節が、吉川は嫌いではない。

今日から新年度ということで、午前中に学部長室で辞令を受けた。四月一日付で准教授に昇格させる、というものだ。

頭上の桜に時おり目をやりながら、ゆっくり正門に向かう。

最近、調べたことがある。フクロウとカラスについてだ。

フクロウなどの大型猛禽類は、生態系ピラミッドの頂点にいる。したがって、フクロウに天敵はいない。ただし、天敵と言っていいほど仲の悪い動物ならいる。カラスだ。

この両者は縄張りをめぐってしばしば争う。昼間、カラスがフクロウに攻撃をしかけると、その夜フクロウが反撃に出るというわけだ。

要するに、カラスはフクロウにとって危険な強敵であって、フクロウに一方的に利用されるような存在ではないのだ。

「クローバー」のすぐそばまで来たとき、店からママが出てきた。ドアのプレートを〈CLOSE〉に掛け直したので、慌てて声をかける。

「あら、吉川センセ」

「お出かけですか？」

「お客さんいなくなったし、買い物に行こうかと思って。コーヒー?」

「ええ、実は、ここで三時に人と約束を――」

「いいわよ。別に急ぎの買い物じゃないし」

ママに頼んで、ドアのプレートは〈CLOSE〉のままにしてもらった。

カウンターの真ん中に座った。ママがコーヒーを淹れ始め、いい香りが立ち上る。

「誰と約束してるの?」ママが言った。

「佐古先生です」

「あら珍しい」ママが形のいい眉を上げる。「でも、佐古センセ、今ものすごく忙しいんじゃない?」

「毎日朝から晩まで会議だそうです。でも、今日は三時から五時の間だけ、ぽっかり空いたんですって」

「今日はここで秘密の話?」ママがいたずらっぽく笑う。「だったらお買い物してくるけど」

「いいえ、ママにもいてもらわないと」

「そうなの?」ママが熱湯でカップを温め始める。

「ところで、ママ」反応が楽しみで、言う前から頬が緩む。「キャディさんて、あんな派手なピンクのゴルフシューズは履かないみたいですよ」

「へ？」ママは目を丸くした。一転、すべてを悟ったように相好《そうごう》を崩す。「あら、そうなの？」

「ええ。キャディシューズっていう、白いスニーカーみたいなのを履くそうです」

「そっかあ、それはミスったなあ」ママは大笑いし始める。

そのとき、ドアのカウベルが鳴り、佐古が入ってきた。

「いらっしゃい」ママは笑い過ぎて出てきた涙を押さえている。「ああ、可笑しい」

「すみませんねえ、遅れちゃって」佐古は吉川の隣に座った。「会議が長引いたもんで」

「いえ、全然待ってませんよ」

「さすがにお忙しそうね、副学長さんは」ママが佐古の前にお冷やを置く。

「いつまで体がもつかねえ」佐古はやせた肩を自分でもんだ。「何をそんなに笑ってたの？」

「ゴルフシューズの話。どうやら吉川センセは、もう全部わかっちゃったみたいよ」

「ふふ。そうじゃないかと思ってました」佐古が目じりにしわを寄せる。

「いや、まだわからないことがあるから、こうしてここに――」

二人の反応が思った以上に明るいものだったので、ほっとした。

ママがコーヒーを二つ、カウンターに並べる。

「それにしても、よく気づいたわねえ。あれがわたしって。帽子かぶって、だて眼鏡かけて、あごまでほおかぶりしてたのに」

「そういうのを見破るの、得意なんです」

「刑事さんみたい」

「それに、あれ」カウンターわきのコルクボードに貼られた写真を指差す。ママが仲間とゴルフ場で撮った写真だ。ピースサインをしたママは、どぎついピンク色のゴルフシューズを履いている。

「ほんとだ。あらためて見ると、派手ね」ママはおどけて眉をひそめた。

「財津教授主催のゴルフコンペのとき、ほんとにキャディをやったんですか？」

「まさか。できるわけないじゃない」ママは顔の前で手を振る。「わたしの幼なじみがね、長年あのゴルフ場でキャディをやってるの。もうチーフなのよ。その彼女が全面的に協力してくれた。制服も貸してくれてね。あのコンペでキャディについたのは、彼女。わたしは記念撮影の場所をさりげなくうろうろして、写真係を買って出るという役。もちろん、ついでに自分のカメラも忍ばせてね」

「写真係なのに、なんでママが写ってたんですか？」

「『じゃあもう一枚』ってなったときに、誰かが『ほら、キャディさんも一緒に』って強引に。わたしもどこかの組について回ってたと勘違いしたみたい。断るのも変だし、幼なじみと写真係を交替して、撮ってもらったの」

「そっちの写真のほうが、学外委員たちの顔がはっきり写ってたんだよね」佐古が横から言った。

「なるほど」

「そもそもね、財津教授と学外委員たちがゴルフ仲間だってことを教えてくれたのも、その幼なじみなの。彼女、財津教授に気に入られていて、よく指名されるんだって。プレー中の話を立ち聞きしているうちに、内部の事情をいろいろ知ったみたい」

「正確に言うと、以前からの親しいゴルフ仲間は、学外委員のうち、七人だけなんです」佐古が言った。

そうでない三人が誰かは想像がつく。説明会で「誰かが我々を陥れようとしている」と騒ぎ出した、精密機器メーカー社長、市長、そして看護大学の学長だ。

「あのコンペが開かれたのは――」ママが頰に手をやる。「確か、十月最初の日曜だったかな。学外委員が初めて勢揃《せいぞろ》いすると聞いて、もぐりこんだわけ。十人そろった集合写真があったほうがインパクトがあるって、佐古センセが言うから」

「ふふ」佐古がママにうなずきかける。「効果覿面《てきめん》だったよ、あの写真」

この二人の関係も気になるが、まずは本筋の疑問を解消していきたい。

「学外委員のことはよくわかりました。財津教授と首藤さんとの密約については、どうやって知ったんですか？」

「そっちも偶然の要素が大きいねえ」佐古はコーヒーにミルクと砂糖をたっぷり入れて、念入りにかきまぜる。「私には娘が一人いましてね。うちの大学の事務職員なんです」

「人文の事務室にも一時期いたよね」ママが言った。

「佐古、さん……？」そんな名前の女性がいた記憶はない。

「吉川さんが赴任してくる前ですよ。それに、結婚して名字が変わっていますから」

「ああ、そっか」

「その娘がね、三年ほど前から医学部の総務係にいるんです。財津学部長の秘書の女性と同い年で、公私ともに親しくしてましてね。よほど馬が合うのか、大した用もないのに秘書室に出向いては、おしゃべりをしていたようなんです」

「その秘書さんて、藪下さんの……」

「ええ」佐古がうなずく。「娘も秘書さんから相談を受けていました。麻雀教室で知り合った人文学部の助教がしつこく連絡してきて困っている、と」

「勘違い男って、ほんと迷惑よねえ」ママが口をとがらせる。

「九月の初めのことです。娘が茶菓子を持って秘書室を訪ねていくと、秘書さんが首藤教授に電話をかけていた。立ち聞きするつもりはなかったようですが、料亭の場所や日時を首藤さんに伝えているのが聞こえてしまったそうです。そのことを聞いた私は、二人が密会するという夜、袋井さんに料亭まで見に行ってもらいました。すると、袋井さんがそこで意外な人物を見かけたというんです」

「それってもしかして――藪下さん？」吉川は訊いた。

「はい。近くに停めた車の中から、料亭の玄関をじっと見つめていたそうです」

「きっと、秘書さんが誰かとデートしてるんじゃないかと思ったのよ」ママが自信ありげにうなずく。

「袋井さんは、すぐに盗聴の可能性に思い至ったようですね。勘違いして財津教授たちの会合場所に来てしまったということは、プライベートな会話を盗聴しているのではなく、たぶん秘書室だろう、と。藪下さんがイヤホンをつけて医学部裏の雀荘に通っていることを知ると、袋井さんも市販の盗聴器用受信機を手に入れて、雀荘の近くで電波を拾ってみたそうです」

「えらく熱心ですね」

「あの男はね、一度やると決めたら、徹底的にやるんです。敵に回すと厄介ですよ」佐古は好敵手を称《たた》えるように言った。「盗聴器が仕掛けられているなら、それを利用しない手はない――そう言い出したのも、袋井さんです」

「なるほど」そして、ついでに藪下のことも利用したわけだ。

「ひどいと思わない？」頬をふくらませたママが、同意を求めてくる。「盗聴してるのを知りながら、そのまま続けさせるなんて」

「藪下さんには、もう秘書さんに近づかないよう約束させたみたいですけど」

「それに、袋井さんだって、人を見て判断したと思うよ？」佐古が泣き笑いのような顔で言った。

「そんなのわかんないじゃない！」ママが佐古をにらむ。「何ごともなかったからいいけど」

吉川はコーヒーをひと口含み、カップを両手で包んだ。

「それにしても、すっかり勘違いしてました。失礼ですけど、ずっと、佐古先生が袋井さんにいいように利用されていると思ってたんです。まさかそれが、逆だったとは」

「ふふ。利用したんじゃなくて、ギブ・アンド・テイクですよ」佐古は目じりを下げた。

大混乱に終わった説明会のあと、財津医学部長は次期学長を辞退した。

学長選考会議があらためて開かれ、学長選考規則にしたがって、次点だった理工学部の宇田川教授を無投票で学長に選出した。教授会と教職員組合もその決定を諒《りょう》とし、一件落着となった。

事件によって、誰が一番得をしたか。本当かどうかは知らないが、まずそれを考えるのが、犯人探しの鉄則だという。

今回の学長選に当てはめれば、それは明らかに佐古だ。副学長に大抜擢《だいばってき》された元泡沫候補は、学長になるべくしてなった宇田川より、ある意味では得をしている。

先月、副学長に佐古が内定したと聞いたときの驚きは、今も忘れられない。任命したのは新学長の宇田川だという。オセロで隅を取ったときのように、ぱたぱたと白が黒に変わっていき、謎が一直線につながった。

吉川は、一つずつ確認するように言った。

「袋井さんは、首藤教授を学長候補の座から引きずり下ろした。さらには、宗像学部長、法学部の井澤教授、経済学部の遠藤教授——この人たちが文系学部の候補者になるのを阻止した。僕はずっと、袋井さんの目的がわからなかった。当然ですよね。本当はすべて佐古先生の指示だったわけですから。佐古先生ご自身が候補者になるための」

「いやいや、必ずしも私でなくてもよかったんですよ」

「え？」

「票を取らない候補者なら、誰でもよかった。大事なのは、文系学部の候補者が、理工学部に入るはずの票を食ってしまわないようにすることですから。そのためには、できるだけ人望のない候補者を立たせる必要がある」

「その点、自分が出れば間違いないって、胸張って言ってたのよ、この人」ママが可笑しそうに言った。

「なるほど、そうか」吉川も苦笑する。「最大の目的は、意向投票で理工学部を勝たせること、ですもんね」

「密約疑惑のせいで医学部が株を落としていたことも幸いしましたねえ。期待以上の差がついてくれた。首藤さんと一之瀬さん様々ですよ、ふふ」

「学長選考会議が意向投票の結果を無視して、強引に財津教授を選出するだろうということは、初めからわかってたわけですよね？」

「学外委員の票が七票入るのは確実でした。古くからのゴルフ仲間の票です。それに医学部の三票と一之瀬さんの一票を加えて、十一票。それだけでもう過半数です。まず勝ち目はありません」

「実際には十四票も入った。学内委員たちの告白を信じれば、学外委員全員が財津教授に投票したことになる。ところがその一方で、学外委員の一部は——ゴルフ仲間ではない三人ですけど——宇田川教授に入れたと主張している」

「そうでしたねえ」

「あの大混乱のおかげで今がある。それは確かですけど、何がどうなっているのか、今もさっぱりわからない。僕が見たところ、騒ぎ出した三人の学外委員の態度が演技だとは思えません。やっぱり、法、経済、人文の学部長の中に、嘘をついている人間が——」

「いえいえ、誰も嘘なんてついてませんよ。あの場にいた委員たちは、全員が本当のことを言っています」

「どういう意味です？」吉川は眉根を寄せた。

「これも袋井さんのアイデアなんですがね」佐古が微笑んだ。「理工学部の三人の委員は、財津教授に入れたんです」

「あ――」口を開いて固まった。そういうことだったのか――。確かに、理工学部の委員たちは宇田川に投票したはず、と決めつけたのは、袋井だった。彼らが嘘をついたことにはならない。

「袋井さんが、『どのみち票数では負けるんだ。いっそのこと理工学部の三票も財津にくれてやりましょう。コンペの写真を出してうまく煽れば、委員たちが仲間割れを始めるかもしれない』と言ってね」

感心するというより、ぞっとした。本当にその通りになったからだ。フクロウが最後に「ほう」と鳴いたときの、射るような三白眼が目に浮かぶ。

「でも、敵に票を入れるなんて、よくそんなリスキーなこと――」

「袋井さんらしいやり方ですよ。彼はギャンブラーですからねえ」佐古はふふっと笑った。

「袋井さんという人は、いったい何者なんです？」

「何者って――西洋建築史、とくにスペインにおける中世建築の専門家ですよ」

「それはわかってますけど……どういう経緯でお知り合いになったんですか？」

「そうねえ」佐古は遠くを見るような目をした。「もう、二十年前になりますか。私がまだ准教授のとき、在外研究員としてスペインに留学させてもらったことがあるんです。ほんの一年足らずでしたけれどね。袋井さんとは、滞在先のマドリード大学で出会いました」

「二十年前ということは――袋井さんは、まだ学生？」

「マドリード大学の大学院生でした。当時私は、グレコの研究なんかやってましてね。ルネッサンス期の画家のエル・グレコ。学科のセミナーで何か発表しろと言われたので、私のつたないスペイン語で、トレド大聖堂とグレコの話をしたわけです。グレコという人は、その大聖堂の祭壇画で有名なのでね。そしたらそのセミナーに、袋井さんが来ていた」

佐古はコーヒーで喉をうるおし、続ける。

「彼は、私のトレド大聖堂の話がよほど気に入らなかったのか、流暢《りゅうちょう》なスペイン語で建築史の立場から攻めたててくるわけです。とにかくこう、やたら煽ってくる。私もまだ若かったので、何だこの若造ってなもんで、言い返しましたよ。最後は日本語で怒鳴り合いになっちゃって」

「きっと驚いたわよねえ、スペイン人たち」ママが真顔で言う。「だって、法隆寺《ほうりゅうじ》のことで二人のスペイン人が大喧嘩するようなものよ？」

「ふふ、まったく」佐古が肩を揺らす。「とにかく、そこから付き合いが始まりました。彼は、私に文句があるときか、私に反論する材料を見つけたときしか連絡してこないので、友人というよりは、私の天敵ですかねえ。それでも不思議なことに、付き合いが途絶えることはなかったんです」

「結局、無関心でいられないというか、嫌いじゃないのよね」ママが言った。「好きでもないんだろうけど」

「まあ、私にとっては面倒な男ですが、それだけに彼のことはよくわかっていた。厄介な性格も、優れた頭脳も、ある種の扇動者としての能力も」

「その力を買って、リクルートしたわけですか」吉川は言った。

「前いた私立大で苦しい立場に陥っていた彼に、声をかけたんです。私のところへ来て、手伝ってくれないかと。私には向いていなくて、彼が得意そうな仕事が、たくさんありそうでしたからねえ。働くのは、学長選に向けた動きが本格化する九月からでいいからと言って、説得したんですよ」

「でも、袋井さんの採用が決まったのは、夏前のことでしたよね？　すでにそのころから計画を立てていたってことですか？」

「理工学部とは、ちょうど去年の今頃、話し合いを始めたんです。財津教授はもちろん、宇田川教授もそのときには出馬の意志を固めていましたからね。五月には条件に折り合いがついて、互いに約束を取り付けていました」

「約束というのはつまり、佐古先生側は、宇田川教授を学長にすべく、文系学部の中で密かに動く。宇田川教授側は、首尾よく学長になったあかつきには、佐古先生を副学長の座に就ける――」

「へ？」佐古が素っ頓狂《すっとんきょう》な声を上げた。ママと顔を見合わせて笑い出す。「違う違う、違いますよ」

「この人、『私は副学長なんてご免です。そんな約束なかったじゃないですか』って、得意の泣き顔でごねたみたいよ」ママが意地悪く言った。

「そうそう」佐古がうなずく。「なのに宇田川さんが、『今さら無責任なことを言わないでください』と、半ば勝手に私を副学長に」

「勝手にって……だったら、佐古先生への約束というのは何だったんです？」

「改組ですよ、人文学部の」

「あ――」虚をつかれた。

「宇田川教授に約束させたのは、人文学部の拡充です。教育学部の一部を吸収して、博士課程も新設してね。簡単につぶされないような学部に作り直そうってわけですよ。うふふ」

「ああ……」間の抜けた声を出すのが精一杯だった。

そうだったのか——。きつく目を閉じる。

驚き、納得し、恥ずかしくなった。佐古のことを、退官前に名誉が欲しくなった老教授だと思い込んでいたことが、だ。佐古は、自分よりはるかに高いところにいた。

「宇田川学長、厳しくてねえ」佐古が情けない声を出す。「改組に向けて、私にリーダーシップを取れなんて言うんです。学内での交渉ごとは山ほどあるし、文科省とも闘わなきゃならない。まったく気が重いですよ」

「カラスに戻って頑張ればいいじゃない。昔みたいに」ママが励ますように言った。

「カラス——？」吉川はつぶやいた。

「無茶言わないでよ」佐古が眉じりを下げる。

「カラスに戻るって、何のことです？」

思い出した。ママは以前、こんなことを言っていた。

あの人、昔はもっとカラスだったのよ——。

「そうよ」ママが唇をきゅっと上げる。「この人、今はこんなだけど、若い頃は素敵だったの。危険な香りっていうの？　いつも黒いジャケットとパンツで、目をぎらぎらさせてね」

「いつの話ですか？　とても想像つかない」

「ここに赴任したばかりだから、三十ぐらい？」

「そうだねえ」佐古が懐かしそうに応じる。「まだ助手だった」

「助手のくせに、教授だろうが学部長だろうが、一度敵と見なすとぎゃあぎゃあしつこく攻撃するから、カラス」ママが両手をばたつかせて言った。「全身黒ずくめだったし」

「ふふ」佐古が頭をかく。「昔はね、『カラスが鳴くから帰りましょ』のカラスじゃなかったんですよ」

「知りませんでした、それは――」吉川は、しみの目立つ佐古の横顔を見つめ、昔の面影を探そうとした。

「カラスには戻れませんが、せいぜい老骨に鞭《むち》打ちますよ」佐古が穏やかに微笑む。

違う――。吉川は心の中で強くかぶりを振った。

カラスは健在だった。フクロウと渡り合い、見事に操って、目的を達成した。

昔のようにうるさく鳴きはしなくとも、今や手練《てれん》手管《くだ》の老カラスだ。改組はきっと成功するだろう。

ママが佐古に優しく笑いかける。

「副学長の任期が切れる前に定年でしょ。最後のご奉公と思って、頑張って」

吉川はそんな二人を見て、ついに訊いた。

「あの……ずっと気になってたんですけど、お二人の関係は――?」

「何て言えばいいのかしら」ママが唇に人差し指を当てる。「今の言葉で言うと、元カレ?」

「ええっ!」二人の顔を交互に見る。「付き合ってたんですか?」

「よしなさいよ、照れるじゃない」佐古が赤面して顔をふせた。

「その頃は、うちの母がこの店をやっててね。わたしもよく手伝いに来てたの。わたしはまだ二十二、三だったかな。この人は店の常連で、だんだん話をするようになって、映画に誘われて――ね」ママが小首をかしげて佐古に言う。「結局、結ばれなかったけど」

「お二人は、今も時どき会ってるんですよね？　だって――」

「変な言い方やめてよ」ママが笑った。「この店で、たまによ。たいてい開店前にふらっと入ってきて、コーヒー一杯飲んで、大学に行くの。月に一度くらい？」

「まあ、そんなところですかねえ」佐古はまだ下を向いたままだ。

それからしばらくの間、二人の昔話が続いた。

ここ半年の間に起きたさまざまな騒動とはまるで無縁な、古き良き時代の大学の話だ。冷めたコーヒーをすすりながら、黙ってそれに耳を傾けていると、見知らぬ町の小さな喫茶店に迷い込んでしまったかのような錯覚さえ抱いてしまう。

やがて、ママは買い物に出ていった。三十分ほどで戻るというので、吉川と佐古は留守番に残った。

「あと一時間か」時計に目をやった佐古が、あくびまじりに言う。「こう陽気がいいと、眠くなっちゃいますねえ」

「五時からまた会議でしたっけ」

「ええ。大事な会議なんです。居眠りしちゃまずいんで、ここで三十分ばかりうとうとさせてもらいましょうかねえ」

「いいですよ。三十分経ったら起こします」

「そりゃありがたい。ふふ」

「あ、そうだ」大事なことを訊くのを忘れていた。「最後にもう一つだけ、いいですか」

「何でしょう？」

「袋井さんは、今どこで何をしてるんです？　もう四月になりましたけど」

説明会の混乱の中、いつの間にか袋井は大講堂から消えていた。あれ以来、誰も一度もその姿を見ていない。

「どこって、スペインですよ」佐古はさも当然とばかりに言った。

「説明会のあと、またスペインに戻ったんですか」大方そんなことだろうとは思っていた。

「ええ。来月からサバティカルに入るので、そのまま向こうにいるそうです」

「サバティカル？」

もちろんその制度のことは知っている。研究に専念するための、最長一年間の長期休暇だ。研究休暇とも呼ばれ、研究さえしていればどこで過ごしてもよい。給与と研究費も通常どおり支給される。欧米の大学では一般的な制度だが、日本ではまだ普及しているとは言えない。

「本学でも今年度から導入が決まりましてね。袋井さんが学長推薦枠の第一号に内定しています」

「内定って、だってまだ――」新年度は今日始まったばかりだ。

「宇田川教授と交わしていた、もう一つの約束ですよ」

「もしかしてそれが、ギブ・アンド・テイク？」

「あの袋井さんが、ただ働きなんかするわけないじゃないですか」佐古が口角を上げる。

やっとすべてが腑に落ちた。頭の中のフクロウが、そ知らぬ顔で「ほう」とひと鳴きする。

「あの人にとっては、きっと何よりの報酬ですね」

「ふふ。そういうこと」

佐古は満足げに目を細めた。

吉川にはわかっている。おそらく佐古にも。

もうここに袋井が戻ってくることはない。

一年の間にスペインでポストを探し、向こうで研究を続けるつもりだろう。

わずかに開いた窓から、春の匂いをはらんだ空気が入ってきて、コーヒーの香りと混ざり合う。

確かに、午睡《ごすい》を誘うような午後だ。

袋井がここにいた時間は、四ヶ月にも満たない。彼にとっては、息抜きのようなものだったのだろう。例えば、浅い眠りと覚醒を繰り返す、午睡のような。

そう。あれは、フクロウのシエスタだったのだ。

背もたれに体をあずけ、大きく息をつく。

カウンターに頬づえをついた佐古が、船を漕ぎ始めた。

参考文献

宮台真司『14歳からの社会学　これからの社会を生きる君に』（世界文化社、二〇〇八年）

単行本　『梟のシエスタ』二〇一五年七月　光文社刊
（文庫化にあたり改題し、各章にタイトルを付しました）

ＤＴＰ制作　エヴリ・シンク

本書の無断複写は著作権法上での例外を除き禁じられています。
また、私的使用以外のいかなる電子的複製行為も一切認められておりません。

文春文庫

フクロウ准教授《じゅんきようじゅ》の午睡《シエスタ》

定価はカバーに
表示してあります

2022年7月10日　第1刷

著　者　伊《い》与《よ》原《はら》　新《しん》
発行者　花田朋子
発行所　株式会社 文藝春秋

東京都千代田区紀尾井町 3-23　〒102-8008
TEL 03・3265・1211㈹
文藝春秋ホームページ　http://www.bunshun.co.jp

落丁、乱丁本は、お手数ですが小社製作部宛お送り下さい。送料小社負担でお取替致します。

印刷製本・凸版印刷

Printed in Japan
ISBN978-4-16-791908-5

文春文庫　最新刊

八丁越 新・酔いどれ小籐次（二十四）　佐伯泰英
夜明けの八丁越で、参勤行列に襲い掛かるのは何者か？

熱源　川越宗一
樺太のアイヌとポーランド人、二人が守りたかったものとは

悲愁の花 仕立屋お竜　岡本さとる
文左衛門が「地獄への案内人」を結成したのはなぜか？

海の十字架　安部龍太郎
大航海時代とリンクした戦国史観で綴る、新たな武将像

神様の暇つぶし　千早茜
あの人を知らなかった日々にはもう…心を抉る恋愛小説

父の声　小杉健治
ベストセラー『父からの手紙』に続く、感動のミステリー

想い出すのは 藍千堂菓子噺　田牧大和
難しい誂え菓子を頼む客が相次ぐ。人気シリーズ第四弾

フクロウ准教授の午睡《シエスタ》　伊与原新
学長選挙に暗躍するダークヒーロー・袋井准教授登場！

昭和天皇の声　中路啓太
作家の想像力で描く稀代の君主の胸のうち。歴史短篇集

絢爛たる流離 〈新装版〉　松本清張
大粒のダイヤが引き起こす12の悲劇。傑作連作推理小説

無恥の恥　酒井順子
SNSで「恥の文化」はどこに消えた？　抱腹絶倒の一冊

マイ遺品セレクション　みうらじゅん
生前整理は一切しない。集め続けている収集品を大公開

イヴリン嬢は七回殺される　スチュアート・タートン　三角和代訳
館＋タイムループ＋人格転移。驚異のSF本格ミステリ

私のマルクス 〈学藝ライブラリー〉　佐藤優
人生で三度マルクスに出会った―著者初の思想的自叙伝